독서가 필요한 순간

스스로를 단련시키는 생산적 책 읽기

독서가 필요한 순간

펴낸날 2018년 10월 25일 1판 1쇄

지은이 황민규
펴낸이 김영선
교정·교열 이교숙, 이라야
경영지원 최은정
디자인 현애정
마케팅 PAGE ONE 강용구
홍보 김범식

펴낸곳 (주)다빈치하우스-미디어숲
주소 경기도 고양시 일산서구 고양대로632번길 60, 207호
전화 (02)323-7234
팩스 (02)323-0253
홈페이지 www.mfbook.co.kr
이메일 dhhard@naver.com (원고투고)
출판등록번호 제2-2767호

값 14,800원
ISBN 979-11-5874-042-9

• 미디어숲은 (주)다빈치하우스의 출판브랜드입니다.
• 잘못된 책은 바꾸어 드립니다.

이 도서의 국립중앙도서관 출판예정도서목록(CIP)은 서지정보유통지원시스템 홈페이지(http://seoji.nl.go.kr)와
국가자료공동목록시스템(http://www.nl.go.kr/kolisnet)에서 이용하실 수 있습니다. (CIP제어번호: CIP2018030293)

스스로를 단련시키는 생산적 책 읽기

독서가 필요한 순간

황민규 지음

미디어숲

추천사

책의 소중한 가치를 온몸으로 깨달은 저자의 목소리가 생생히 살아 있다. 답답한 현실을 헤쳐 나갈 방법을 찾고 있다면 이 책이 하나의 좋은 길잡이가 되어 줄 것이다.
_신영균(전 대우조선공업 사장)

책을 바라보는 전혀 새로운 시각을 갖게 해준다. 저자에게 무엇을 배울 수 있는지, 독자는 어떤 자세로 책을 대해야 하는지, 좋은 책이란 어떤 책인지 등 책에 관한 모든 것을 파헤친다. 바쁜 현실에 치여 한동안 책을 멀리한 사람이라면 당장이라도 책의 세계에 빠지고 싶은 열정이 솟구칠 것이다.
_박정희('책더미' 독서논술 원장)

애서가인 저자가 수많은 독서에서 길어 올린 주옥같은 문장과 사례를 접할 수 있다. 저자의 말처럼 책을 읽어야 한다는 것은 누구나 알지만 삶의 우선순위에서 늘 밀린다. 독서를 권하고 싶은 자녀에게, 학생들에게, 친구에게 말보다는 이 책 한 권을 건네는 것으로 충분하다.
_김선석(인천시도서관발전진흥원)

프롤로그

　한 권의 책을 읽는다는 건, 그 책과 특별한 인연이 된다는 의미다. 타인의 추천이나 광고를 접하고, 아니면 서점에서 직접 고르든 상관없이 귀한 만남이다. 그 책이 자신의 인생에 등불이 될 수 있다. 좋은 책과의 만남은 자신을 변화시키는 힘이 될 것이다.

　책을 통한 변화의 근원은 무엇인지, 책에서 얻을 수 있는 구체적인 힘은 어떤 것인지, 어떻게 생성되고 효력을 나타내는지 등 독자의 삶 속에서 응용할 수 있는 책을 탐구해보고 싶었다.

　이 책의 핵심 단어는 '독서력'이다. 책을 읽고 이해하고 즐기는 능력, 더 간단히 말하면 책을 읽는 힘이고, 넓은 의미로는 세상을 읽는 힘이자 인생을 잘 살아가는 힘이다. 책을 잘 읽고, 삶에 도움이 되는 방법을 아는 것은 중요한 일이다.

　독서력이란 책을 읽을 때 필요한 총체적인 힘을 말한다. 상상력·사고력·창의력·통찰력 등을 관통하는 힘이다. 제임스 알렌의 말처럼 상상력은 특권이자 미래를 살아가는 힘이고, 사고력은 사물을 제대로 관찰하고 이치를 깨달아 알게 하는 힘이다. 세계를 지배하는 유대인의 특허 품목이 바로 사고력이다. 사람은 생각하는 대로 살지 않으면 사는 대로 생각하게 된다. 창의력은 동서고금을 막론하고 최고의 가치가 되는 힘이다. 새로운 것을 만들어내는 힘이야말로 이 시대 최고의 가치다. 그런 힘이 어떻게 책에서 나오는지 이 책이 분명하게 알려줄 것이다.

통찰력이란 사물의 본질을 꿰뚫어 볼 수 있는 능력이다. 이는 자신의 삶의 높이를 끌어올려준다. 그리고 인문학과 자연과학이 교류하고 상통하여 새로운 것을 만들어내는 힘인 통섭력도 책에서 얻을 수 있다. 이런 가치들을 분명하게 인지하고 책을 읽으면 얻을 수 있는 가치 또한 배로 늘어날 것이다.

자신의 독서 수준이 어느 정도인지 가늠할 수 없는가. 이는 독서력에 절대적인 기준이란 없기 때문이다. 자신의 독서 수준을 인지하면 책의 선택과 읽기 능력 향상에 도움이 된다. 이 책에선 독서 수준에 맞춘 책 읽기 방법을 독서나무로 만들어 설명했다. 씨앗독서에서 시작해 뿌리독서, 줄기독서, 가지독서 그리고 열매독서까지 수준에 맞는 책과 독서방법을 제시한다. 개인마다 읽은 책의 권수와 독서의 질에 편차가 있겠지만, 통합하여 설명하기에 자신의 수준에 맞는 독서방법을 찾는 것은 온전히 독자의 몫이다. 초보자가 아닌 중급자나 어느 수준의 독자라도 이 기준에 맞춰 책을 읽는다면 훨씬 많은 성취를 할 수 있을 것이다.

독자는 독서의 신이라는 경지까지 이르지 못해 적확한 독서법을 끊임없이 찾는다. 초보독자는 이해를 잘 하고, 자신의 삶에 도움이 될 수 있는 방법을 알고 싶어 한다. 중급자는 책의 중요성은 알지만 읽을 시간이 부족해 효율성 있는 독서방법을 찾는다. 이 책을 읽는 독자라면 한 번쯤은 독서법에 대해 여러 다른 책들을 읽어봤을 것이다. 필자도 이 책을 쓰면서 독서법에 관한 거의 모든 책을 섭렵했다. 하지만 그러한 책들은 거의 모두 독서의 본질이 아닌 현상, 그것도 부분적인 표피만을 건드리는 내용이었다. 단언컨대 특별한 독서방법이란 존재하지 않는다. 다만 책을 읽는 힘인 독서력은 '시간'과 관련이 있다고 말하고 싶다. 정독·숙독·통독·적독·다독은 독서에 투자하는 시간의 범위가 다른 것으로, 이런 독서습관에 대해 큰 틀 안에서 자세하게 다루어 놓았다. 따라서 이 책을 읽으면 기본적인 방법을 알 수 있고 스스로 자신만의 독서방법을 만들 수 있다.

생산적인 독서방법에 대해서도 다루었다. 읽고 돌아서면 잊어버리기 쉬운 것이 책 읽기다. 독서하는 시간과 노력은 적지 않은데 비해 얻는 결실이 너무 적다는 생각이다. 이는 책에서 멀어지는 계기로 작용할 수 있다. 생산적인 독서란 같은 시간과 노력을 들이지만, 독서력은 두 배로 높이는 방법이다. 독서력이 높아지면 세상 사는 힘도 두 배로 상승한다.

독서는 머리에서 시작해 발끝까지 내려올수록 좋은 독서가 된다. 모방 속에 창조가 있다는 말과 같이 제2의 뇌인 손으로 필사하고, 닮고 싶은 인물을 따라 하는 것도 한 방법이다. 읽고 스스로에게 맞는 생산적인 독서방법을 만드는 것이 필요하다.

이 책은 독서에 대한 단순한 설명이 아니라 본질에 대한 앎이다. 여느 책과 다른 가치를 지향했다. 책을 말하지만 책이 중심이 아니라 삶이 중심이다. 독자의 삶 속에서 역량을 발휘하는 독서력을 이야기하고 싶었다. 책에는 보물보다 귀한 가치가 있다. 책은 사람 다음으로 소중하게 여겨야 할 존재다. 나는 가끔 생각한다. 사람은 '책을 읽는 시간에 비례해 멋진 삶을 살아가는구나'라고!

지은이 황민규

독서를 많이 하는 사람은
뛰어난 관찰력으로 타인의 작은 몸짓 하나에도
관심을 갖고 대할 수 있다.
소통은 섬세함이다. 결국 독서는 소통하기다.

책 읽기가 만드는
기적 같은 순간

가슴 뛰는 사랑을 하는 것처럼

사랑하라

사랑이란 단어는 언제 들어도 떨린다. 사랑에 대한 그 설렘을 알기에 그런 것 같다. 늘 같이 있고 싶고, 방금 헤어지고 뒤돌아섰지만 다시 보고 싶은 마음이 간절하고, 온 세상이 아름답게 보이며, 헌신을 감수할 수 있고, 오롯이 소유하고 싶은 욕심이 들게 하는 감정이다. 영화나 드라마에선 사랑을 위해 막대한 유산도 포기하고, 죽음도 두려워하지 않는 위력을 발휘한다. 사랑에 빠진 당사자가 아니면 상식적으로 이해할 수 없다. 언어로 표현할 수도 없다. 사랑 중에서도 가장 아름답고 순수한 첫사랑은 가장 가슴 설레고 떨림이 있는 지극한 사랑이다.

행복할 때나 즐거울 때, 좋은 생각을 할 때면 엔돌핀이 나온다. 이 호르몬은 암을 치료하고 통증을 해소하는 효과가 있다. 사람들

16

은 엔돌핀을 만들기 위해 억지로 웃기도 한다. 자신의 뇌가 진짜 웃음인지 가짜인지 구분 못 한다는 과학적인 실험을 통해 얻은 결과로 웃음치료법이 개발되기도 했다. 최근에는 다이돌핀이라는 호르몬이 발견되었는데, 엔돌핀보다 4000배나 높은 효과를 낸다고 한다. 백혈구의 수치를 올려 면역체계를 최상의 상태로 올려주는 것이다. 다이돌핀은 진한 감동을 받았을 때, 엄청난 사랑에 빠졌을 때, 전혀 알지 못했던 새로운 진리를 깨달았을 때 생성된다. 사랑을 하면 얼굴이 밝아지고 혈색이 좋아지는 까닭이다. 로미오와 줄리엣의 사랑은 원수지간인 두 집안에 화해와 평화의 기적을 일으켰다.

독서 중에도 이러한 다이돌핀이 생성된다. 독서의 유익을 즐기는 사람들 얼굴이 햇살처럼 빛나고 근심 속에서도 평온을 유지하는 이유가 여기 있다. 독서의 즐거움은 가슴 설레는 첫사랑의 즐거움과 맥이 통한다. 독서는 미성숙한 성품을 단련하여 위대한 인물로 바꾸는 기적을 일으키고, 쓰려져가는 집안을 살리고, 바람 앞에 놓인 촛불 같은 나라를 구하기도 한다. 정약용은 정치적 모함으로 떠난 유배지에서 무너진 문중을 걱정하며 아들에게 독서의 중요성을 강조하는 편지를 보냈다.

폐족일수록 좋은 책을 많이 읽어야 한다. 옷소매가 길어야 춤을 잘 추고, 돈이 많아야 장사를 잘하듯 머릿속에 5000권 이상의 책이 들어 있어야 세상을 제대로 꿰뚫어 보고 지혜롭게 판단할 수 있단다. 독서야말로 사람이 하는 일 가운데 가장 깨끗한 일이다.

조선의 사상가이자 저술가인 그의 말이 의미심장하게 들린다. 독서의 즐거움에 빠지면 언제나 손에 책이 들려 있고, 잠자리에 들다가도 읽고, 여유 시간뿐만이 아니라 틈새 시간에도 읽고, 차를 타고 가면서도 읽는다. 책의 소유를 넘어 자신의 삶으로 만들려는 욕심을 갖고 어떠한 즐거움도 포기하고 책 읽기를 즐긴다. 세상을 뿌듯하게 바라보며, 자신이 만물을 지배하는 듯한 감정에 사로잡히기도 한다. 사랑의 기쁨과 독서의 즐거움이 유사한 점이다.

사랑을 하면 구름 속을 떠다니는 무아지경이 되는 것처럼 독서의 즐거움은 몰입의 상태에서 밀물처럼 밀려온다. 사랑이 상대에 대한 애정과 관심에서 비롯되는 것처럼 온전히 책에 집중할 때 몰입된다. 지속적인 애정과 관심이 사랑을 유지시키고 깊어지는 것처럼 몰입하는 순간이 빈번해지면 살아가는 힘을 책에서 얻게 된다.

사랑도 독서도 호기심에서 시작되지만 결과는 기적이라고 부를 만큼 엄청나다. 첫사랑이 가슴과 가슴이 잇닿는 아름다운 감정이라면, 독서 또한 지고지순하고 아낌없이 주는 책 사랑이다. 영국의 낭만주의 시인 워즈워스는 "책은 견실한 세계로 순수하고 아름답다. 그 세계에는 즐거움과 행복감이 무성하다"라고 고백했다.

독서는 순수한 행위이며 즐거움을 넘어 행복으로 가는 길이다. 나는 새로운 책을 잡을 때마다 가슴이 설렌다. 책의 표지나 띠지에 있는 글을 읽노라면 빙그레 웃음이 번진다. 손은 저절로 책장을 넘긴다. 한 글자 한 글자가 가슴에 파고든다. 몰입의 즐거움을 거쳐 깨달음에 이르면 온몸은 다이돌핀으로 넘쳐나고 행복감이 밀려온다. 사랑도 독서도 머리가 아닌 가슴으로 해야 진정한 울림이 있다.

　책을 읽을 때 벅차오르는 감정을 표현하기란 쉽지 않다. 어떤 행동의 결과나 외부로부터 온 느낌이 아닌 자신의 내면 깊은 곳에서 우러나온 기쁨이기 때문이다. 일상적인 기쁨을 외면한 채 홀로 독서를 즐기는 책벌레들이 적지 않은 것도 바로 그런 느낌을 오롯이 즐기기 때문이지 싶다. 이런 감동을 모르는 이들은 즐길 수 있는 일이 얼마나 많은데 고리타분하게 책이나 읽느냐고 볼멘소리를 하기도 한다. 책이 주는 이로움을 쉽게 비유할 수는 없다. 독서의 감정은 벅차고 광대하며 경이롭다. 책 읽는 즐거움을 가장 근접하게 설명한 사람으로 나는 조선의 책벌레 이덕무를 들고 싶다.

　　　책을 대할 때마다 눈과 귀, 코, 입 등 모든 감각이 깨어나 살아 움직이고 신경과 핏줄을 건드리고 피가 도는 그 흐름은 심장까지 전해져 마침내 두근두근 뛰게 하며, 감격에 겨운 입에서 흘러나오는 소리에 온 우주가 다시 깨어 일어나기도 한다.

　우주까지 깨우는 독서의 지극한 감흥이 전해진다. 이 책을 통해 당신에게도 오롯이 전해지길 바라는 마음이다.

19

책 읽는 외톨이는
외톨이가 아니다

동맥은 심장의 피를 신체 각 부분에 보내는 역할을 한다. 혈관에 지방이 쌓이거나 염증세포들이 끼어 좁아지거나 막히면 혈액 순환에 장애가 생긴다. 심장 근육에 혈액이 제대로 공급되지 않아 심근경색이 되고 뇌에 혈액순환 장애를 일으켜 뇌졸중이라는 병을 얻는다. 이와 마찬가지로 우리의 삶도 소통이 안 되면 문제가 생긴다. KBS 아나운서인 김재원의 『마음수련』 기고 글을 보면 소통에 대해 명쾌하게 알 수 있다. 그는 강의 전에 '소' 그림과 '통' 그림을 보여준다고 한다.

> '소통'이란 게 이렇게 터무니없는 것입니다. 소와 통이 무슨 연관이 있을 수 있겠습니까. 하지만 저 통이 여물통이 되어줄 때 그 둘은 뗄 수 없는 관계가 됩니다. 소한

테 여물통이 되어 주십시오. 그러면 당신은 소의 마음을 살 수 있습니다. 이렇게 나와 다른 사람의 연결고리를 찾아나가는 것, 그게 소통의 시작이라고 생각합니다.

아무런 상관이 없을 것 같아 보여도 연결시키는 고리가 있다면 소통이 되는 것이다. 그는 소통의 정의를 "나와 다른 사람의 연결고리를 찾는 것"이라고 말한다. 독서는 소통이다. 소와 통을 이어주는 여물통 같은 연결고리 역할을 책이 한다.

소통은 세 가지로 분류할 수 있다. 세상과의 소통, 타인과의 소통, 자신과의 소통이다. 먼저 우리가 소통의 부재를 느낄 때는 타인과의 관계가 원만하지 않을 때다. 가까이에 있는 가족일 수도 있고, 친구나 직장 동료일 수도 있으며 사업상 만난 거래처 사람일 수도 있다. 소통이 안 되면 가슴이 꽉 막힌 듯 답답한 심정이 된다. 원인은 타인과 자신의 신념이나 주장이 강하여 서로의 연결고리를 찾으려는 마음이 약한 탓이다. 독서는 이런 틀에 박힌 고정관념을 깨주고 타인을 이해하게 만듦으로써 소통을 가능하게 만들어준다.

다음으로 세상과의 소통이다. 세상과 소통하지 못하는 사람은 이기적인 사람이다. 자신의 욕심을 위해 자연을 훼손하고 자신의 욕망을 위해 다른 사람의 상황이나 형편을 존중하지 않는다. 자기 것만을 강조하는 사람은 세상과 소통할 수 없다. 소통은 양쪽이 함께 뚫릴 때 가능하다. 먼저 자신의 마음을 열어야 세상의 문이 열린다.

세상이 돌아가는 원리를 알아야 열린 마음이 되는 것이다. 책 읽기는 간접 경험을 통해 타인과 세상을 이해하는 힘을 길러준다. 인간과 삶의 본질을 이해시키며 타인의 아픔과 고통에 공감하는 이타적인 사람으로 거듭나게 돕는다. 독서는 세상으로 나아가는 소통의 창문이다.

마지막으로 독서는 행복한 삶을 찾아갈 수 있도록 자기 자신과 소통할 수 있게 도와준다. 소통의 진리를 알려주는 것이다.

> 올바른 독자들에게 한 권의 책을 읽는다는 것은, 타인의
> 존재와 사고방식을 접해 그것을 이해하고자 노력하고
> 그를 친구로 삼는 것을 뜻한다.

헤르만 헤세가 『독서의 기술』에서 한 말이다. 독서는 세상과 타인을 이해시키고 친구로 삼을 만큼 소통이 잘 되게 돕는다.

소통은 막힌 마음을 뚫어주는 힘이다. 세상이 벽으로 다가올 때 뚫을 수 있는 힘을 준다. 먼저 자신의 삶을 건강하게 만들고 궁극적으로 행복에 이르게 한 다음, 타인의 문과 세상의 문을 활짝 열고 소통할 수 있도록 만들어준다. 현대는 직접 만나서 얼굴을 맞대고 서로의 마음을 교환하는 시대가 아닌 온라인 상태의 만남이 잦기에 더욱 소통에 문제가 생긴다. 말은 하는 순간 사라지지만 글은 영원성이란 특성을 가지고 있기에 소통이 잘못되면 큰 오해를 불러온다. 말이나 글을 통한 원활한 소통의 근본은 상대를 먼저 이해하

고 배려하는 이타심을 갖는 것이다. 애정과 사랑이 없는 소통은 오래 가지 못하고 진정성도 의심받는다. 작은 것에도 관심과 사랑을 가지면 통한다. 떨어지는 낙엽 한 잎에도 관심과 애정을 가지면 그 낙엽은 썩어 없어지는 것이 아니라 다른 생명들을 위해 자신을 불태우는 고귀함을 발견할 수 있다. 사소한 일이라도 타인의 관심사를 기억하고 맞장구쳐주면 그는 마음의 문을 활짝 열고 다가올 것이다.

소통이 잘 된다는 건 막힘없이 뜻이 통하여 오해가 없는 것을 말한다. 책을 읽는다는 건 작가와 끊임없이 대화하며 소통하는 것이다. 책과 소통이 안 된다는 건 내용이 이해가 안 된다는 것이고 이해가 되지 않으면 책에 대한 흥미를 잃고 더 이상 읽고 싶은 마음도 사라지게 한다. 그러한 책은 어떤 지식이나 지혜도 줄 수 없으며 좋은 책이 아니다. 책과 독자가 서로 등을 돌리는 상황으로 치닫게 된다. 좋은 책이란 독자와 작가 사이를 잘 연결할 수 있는 힘을 가진 책이다.

많은 사람들이 자기 내면과 마주할 수 있는 시간을 소홀히 여기며 산다. 자아를 찾기보다는 친구와 수다를 떨거나 한 잔 술로 시간을 보낸다. 홀로 있는 고독 속에서 진정한 자아를 찾기보단 해외나 국내로 여행을 떠나는 것을 좋아한다. 자기 자신과 만나려면 외로움을 견뎌야 하고 반성하는 시간을 가져야 하는데 그 순간을 참지 못한다.

독서는 자아를 찾아주는 최고의 수단이다. 책이라는 거울로 자신의 깊은 내면을 보는 것이다. 책을 읽으면 자신을 되돌아보라고 끊임없이 조언한다. 책 속에서 이루어지는 대화는 적극적인 자아 찾기로 이어진다. 자아를 찾는 것은 타인을 이해하고 세상을 알아가는 지름길이다. 결국 자신과의 소통은 독서가 주는 축복이다.

책을 읽는다는 건 우주와 인간과 삶이라는 큰 주제를 읽는 것이 아니다. 티끌같이 작고 보잘것없는 사물에 애정을 갖도록 만드는 것이다. 책을 읽는 사람은 통찰력이 있다. 통찰력은 사물의 본질을 꿰뚫는 능력이다. 작은 움직임 하나에도 세심한 관심과 애정을 갖고 바라보게 된다. 독서를 많이 하는 사람은 뛰어난 관찰력으로 타인의 작은 몸짓 하나에도 관심을 갖고 대할 수 있다. 소통은 섬세함이다. 결국 독서는 소통하기다.

읽는 대로 읽는 만큼

만들어진다

사람은 욕심을 가진 동물이다. 물질적 풍요나 성공, 성취에 대한 바람을 분수에 넘치게 탐하는 게 인간의 본성이다. 식욕, 수면욕, 성욕 등의 기본적 욕구가 채워지면, 명예욕, 권력욕, 성취욕 등이 생긴다. 그렇지만 이런 욕심이 또 세상을 움직이는 원동력이 되기도 한다.

독서는 무한한 힘을 가지고 있다. 인류의 축적된 노하우와 시대를 뛰어넘는 통찰력을 가진 위대한 작가들의 유산이기 때문이다. 개인의 욕망을 채워주는 것은 말할 것도 없다. 요람에서 무덤까지 인간의 욕망을 이해하고 채워준다. 이 점에 대해 로마의 정치가이자 사상가인 키케로는 이렇게 말했다.

책은 소년의 음식이 되고 노년을 즐겁게 하며, 번영과

장식과 위급한 때의 도피처가 되고 위로가 된다. 집에서
는 쾌락의 종자가 되며 밖에서도 방해물이 되지 않고,
여행할 때는 야간의 반려가 된다.

사람은 자신이 읽은 대로 만들어간다. 아는 만큼 보이는 것처럼,
자신이 읽은 세계가 자신의 꿈을 이룰 수 있는 세상의 크기다. 그 안
에서 주인으로 살아가는 것이다. 인생은 오직 한 번뿐이지만 독서
는 원하는 인생을 수십 번이라도 살 수 있게 한다. 처음 하는 일은
두려움으로 망설여지기도 하지만 충분한 리허설을 거친 인생은 도
전해볼 만하다. 독서가 주는 간접 경험은 인생을 잘 살아갈 수 있는
힘으로 작용한다.

책을 읽다 보면 순간적으로 감동이 오는 문구들을 만나곤 한다.
그 감동은 깨달음이 되고 지혜가 되어 삶에 힘이 된다. 나도 책을 읽
다 감동적인 문구를 만나면 잠깐 생각에 잠긴다. 그리고 메모지나
노트에 간단하게 적어 기록하곤 한다. 시간이 흘러 책의 내용은 모
두 잊었더라도 메모한 글은 뚜렷이 기억나고 통찰력을 기르는 데
도움을 준다.
　내용의 전후 맥락과 환경에 따라 감동이 다르겠지만 그래도 몇
가지만 말하고 싶다. 마거릿 미첼의 『바람과 함께 사라지다』라는 책
은 미국의 남북전쟁 상황과 노예의 삶, 그리고 주인공 스칼렛의 인
간 승리를 보여주는 걸작이다. 책을 읽는 것만으로도 당시 미국 남

부의 모습을 생생하게 그려볼 수 있고, 인물들의 독특한 캐릭터가 이미지로 상상되는 작품이다.

> 문명을 일으킬 때 못지않게 문명의 파괴에서도 큰 돈벌이가 가능해요.
> 삶은 우리들이 기대하는 바를 제공할 아무런 의무도 없으니까요. 우린 주어지는 만큼 얻을 따름이고, 그나마 현재 우리에게 베푸는 바를 고맙게 생각해야죠.

전쟁 중에서도 큰돈을 번 레드 버틀리의 말이다. 정말로 그렇다. 안정된 상황보다는 혼란한 상황에서 기회는 더 많은 법이다. 위기는 위험이자 기회라는 말처럼 기회는 위험과 함께 다니는 속성이 있다. 이 글을 읽으면서 막연하게 삶에 기대했던 나 자신의 어리석음과 현재라는 삶을 더욱 사랑할 수 있게 되었다. 좋은 책을 읽을 때면 감동이 물밀 듯이 다가온다.

책에는 보이지 않는 강한 힘이 있다. 장사를 해보지 않고도 돈 버는 방법을, 전쟁을 겪어보지 않고도 참혹함을, 온갖 군상들을 이해하고 글을 쓰는 작가의 보이지 않는 위력이 작용하는 까닭이다. 책을 읽으면 그 힘이 오롯이 흡수돼 살아가는 자양분이 된다.

책을 읽을 때 염두에 둬야 할 것이 있다. 인간의 본질과 삶의 목적이다. 이것을 이해하지 못하면 책을 완전히 이해하기란 불가능하다. 같은 책을 읽고도 다양한 의견을 낼 수밖에 없는 이유다. 인간이 무엇이냐는 물음에 완벽하게 대답할 수 있는 사람은 없다. 마치 코끼리에 대해 물었을 때 코가 긴 동물, 육상 동물 중에서 가장 큰 동물이라는 표면적인 대답을 하는 것과 같다. 동양의 철학자 맹자와 순자도 '성선설'과 '성악설'을 주장하는 정반대의 입장에 서기도 한다. 인간의 본질과 삶의 목적을 알면 더욱 진귀한 삶을 살 수 있을 텐데 불행히도 인간의 머리로는 이해 불가능한 영역에 있다. 단지 그것을 이해하려 노력하고 근접하게 살아갈 뿐이다.

책을 읽는다는 것은 본질과 목적을 찾아가는 과정이다. 자아의 본질과 인생의 목적이 분명할수록 행복한 삶을 살 확률이 높아진다. 자신의 재능과 능력으로 삶을 즐길 수 있다. 흔들리지 않고 어떤 상황에서도 당당하게 살아갈 수 있는 힘이 솟는다.

잘 산다는 건 행복한 삶을 사는 것이지만 언제나 그 중심에는 자기가 서 있어야 한다. 주인의식을 갖고 사는 삶이 중요하다. 의지만으론 자본주의의 핵심인 돈의 노예 상태에서 벗어나기 어렵고, 행복의 조건들 중 극히 일부만 만족시키는 물질로는 삶의 가치를 충족시킬 수 없다. 생각과 물질의 적절한 조화가 필요하지만, 그 이상으로 중요한 것은 자신의 인생을 결정할 수 있는 자율성을 갖는 것이다. 자율성은 주인 의식으로부터 나오는 것이며 이는 자신의 내면을 강화함으로써 얻을 수 있다.

독서는 자아를 바로 볼 수 있는 힘을 길러준다. 책 속에서 만난 수많은 인물과 간접경험을 통해 자신의 모습을 비춰준다. 책을 읽을수록 자아를 비춰주는 조명은 더 밝아지고 자신의 내면을 깊숙이 들여다 볼 수 있도록 도와준다. 그 속에서 자아는 발견되는 동시에 성장한다. 또한 건강한 자아는 삶이라는 파도를 잘 이겨낼 수 있는 힘을 준다. 독서는 치열한 삶의 전쟁을 치르는 데 무기가 되며, 삶을 살아가는 힘이 된다. 미국의 32대 대통령인 프랭크린 루즈벨트도 책이 무기라고 표현했다.

> 우리는 모두 책이 불에 탄다는 것을 알지만, 책을 불로 죽일 수 없다는 더 큰 지식을 갖고 있다. 사람들은 죽어도 책은 결코 죽지 않는다. 아무도 어떤 힘도 기억을 제거할 수는 없다. 삶의 전쟁에서, 아시다시피 책은 무기이다.

독서는 살아가는 힘이다. 하지만 그 힘은 사용하는 사람의 능력에 달렸다. 백정은 칼을 고기 자르는 데 쓰고, 영웅은 나라 구하는 데 사용한다. 책도 읽는 사람의 능력에 따라 가치가 달라진다. 삶의 목적에 맞는 유용성을 가진 책을 고민해서 선택해 읽는 독서습관을 만들어보자. 책이 인간에게 끼치는 지대한 영향력은 읽는 만큼 이루어진다.

책 읽기를
몸에 길들이는 방법

좋아하는 작가가 있다. 『인간의 굴레』, 『달과 6펜스』 그리고 『면도날』을 쓴 윌리엄 서머싯 몸이다. 그의 작품을 읽으면 고전은 위대하다는 것과 고전은 답이 아닌 물음을 던져준다는 진실을 깨닫는다. 특히 『면도날』에는 인물의 극명한 성격 묘사가 있는데, 누구의 행동이 옳고 그른지 판정할 수 없고, 선과 악의 기준조차 모호해진다. 유연하게 생각하고 삶의 길을 스스로 찾아가라고 속삭이는 것 같다. 이런 모호성 때문에 독서력이 부족한 사람이 고전을 읽으면 세상에서 필요한 답을 찾기는커녕 괜히 판도라의 상자만 열었다는 기분이 들기도 한다. 좋은 책은 많이 생각하게 만드는 책이다. "독서는 사색이다"라고 할 만큼 책을 읽고 생각하는 것은 중요하다. 서머싯 몸은 책에 대한 철학을 이렇게 말했다.

책 읽는 습관을 기르는 것은 인생에서 모든 불행으로부
　　　터 스스로를 지킬 피난처를 만드는 것이다.

　책 읽기가 나태해지거나 지속적으로 독서하기가 힘들 때 힘이 되
는 글귀다. 독서습관은 상상력과 창의력을 길러주고 통찰력을 가진
사람으로 만들어준다. 통찰력이 있는 사람은 인간과 세상을 꿰뚫어
보는 혜안으로 문제해결 능력이 뛰어나다. 문제들의 연속이 삶이
라고 가정하면 이것을 해결하는 통찰력은 살아가는 데 막강한 힘이
된다. 성공한 사람들의 공통점 중 하나가 통찰력인 것도 이런 이유
에 있다. 독서는 궁극적으로 원하는 삶을 살아가는 힘이 된다.

　　　습관은 처음에는 눈에 안 보이는 실과 같다. 그러나 행
　　　동을 되풀이 할 때마다 그 끈이 차츰 강화가 된다. 거기
　　　에 또 한 가닥이 더해지면 마침내 굵은 밧줄이 되어, 우
　　　리의 사고와 행동을 돌이킬 수 없게 묶어 버린다.

　미국 작가 오리슨 스웨트 마든의 말처럼 한 권의 책을 읽을 때마
다 삶과 성공의 밧줄이 튼튼해지고 무엇이라도 들어 올릴 수 있는
능력을 길러준다. 독서는 습관이 중요하다. 처음에는 자신이 독서
습관을 만들지만 그다음에는 독서습관이 자신을 만든다. 도스토예
프스키는 "습관이란 인간으로 하여금 어떤 일이든지 하게 만든다"
고 했다. 독서습관은 꿈꾸는 대로 자신을 만들어주는 마법과 같다.

예전부터 수많은 독서가는 마법을 경험했고, 현재도 일어나는 기적이며, 미래에도 일어날 경이로움이다.

습관은 행동을 조종하고 행동은 자신의 뇌를 제어한다. 인간의 뇌는 행동에 복종하는 습관이 있다. 기분이 우울할 때 밖에 나가 운동을 하면 기분이 전환되는 이유도 뇌가 행동에 복종한다는 의미다. 하지만 뇌는 좋은 습관인지 나쁜 습관인지 구별하지 못한 채 길들여진다. 그러므로 좋은 습관을 만들지 않으면 나쁜 습관의 지배를 받게 된다. 나쁜 습관을 밀어낼 좋은 습관을 길들이자.

독서가 습관이 되기 위해선 지속적인 근면과 인내가 필요하며 꾸준한 훈련이 필요하다. "하루라도 책을 읽지 않으면 입 안에 가시가 돋친다"는 안중근 선생님의 말씀처럼 책 읽기가 몸에 배야 한다. 독서에는 왕도가 없다. 습관적으로 읽어야 한다.

처음 책 읽기를 시작할 때 여러 가지 어려움에 봉착하기도 한다. 먼저 어떤 책을 읽어야 하는지부터 시작해서 책을 잘 읽는 방법, 생활에 적용할 수 있는 방법, 빨리 읽을 수 있는 방법 등등. 그래서 독서와 관련된 여러 책을 읽어봐도 자신의 책 읽기에는 큰 변화가 안 느껴지는 것 같다. 이는 책의 효과를 쉽게 얻으려는 얄팍한 속셈만 있고 진중함이 없기 때문이다. 삶의 변화를 위한 독서에는 노력과 시간이 필요하다. 과정도 만만치 않고 오랜 시간을 필요로 하는 일일 수도 있다.

변화는 한 권의 책이 아닌 겹겹이 쌓인 독서 시간이 만들어낸다.

꾸준한 독서활동 중 완전한 깨달음을 얻게 되는 책을 만나면 자신의 운명을 바꾸어 줄 것이다. 이처럼 꾸준한 근면함과 인내가 있다면 책을 읽는 방법이나 기술은 필요 없다. 책을 읽으면서 스스로 깨달아가는 방법이 가장 이상적인 독서의 기술이다. 다소 시간이 걸릴 수도 있지만 좋아하는 책과 꼭 필요한 책을 위주로 읽다 보면 저절로 알 수 있다.

독서가 습관으로 자리 잡을 때까지 흥미를 잃지 않고 꾸준히 읽어야 한다. 규칙적인 독서 시간을 갖거나 독서량을 정하는 것도 방법이다. 일주일에 한 권을 읽기보다는 하루에 정해진 분량이나 매일 일정한 시간만큼 독서하는 것이 좋다. 또한 책을 항상 몸에 지녀야 한다. 틈새 시간만 이용해도 하루에 한 시간은 족히 책을 읽을 수 있다. 틈새 독서의 장점은 생활 리듬에 큰 무리가 없다는 점이다. 조용한 환경에서 책을 읽는 것보다 혼잡한 지하철에서의 독서가 잘 될 때가 많다. 주위 소음을 감지한 뇌가 스스로 집중력을 발휘하기 때문이다. 책을 읽지 않아도 책을 가지고 다니는 것은 독서습관이 몸에 밸 수 있는 환경을 만드는 것이다.

독서의 궁극적 목적은 문제해결 능력을 향상시켜 잘 살기 위한 것이며, 현실에서 줄 수 없는 만족과 삶의 굴레를 타파하는 것이다. 무엇보다 변화를 위한 마음이 독서로 이어지는 경우가 많다. 독서는 변화를 위한 맞춤형 서비스를 제공하는 수단이다. 사회적으로 성공한 많은 사람들의 공통점은 독서생활을 습관화로 변화의 단초를 얻었다는 것이다. '변화'를 위한 좋은 습관을 만들기 위해선 먼저 기존의 악습관을 깨뜨리고, 그 자리에 새로운 독서습관을 덧입혀야 한다. 직업과 생계를 위한 활동과 가족에 대한 의무, 취미생활을 하다 보면 책 읽는 시간을 만들기가 어려워진다. 쓸데없이 낭비되는 시간과 덜 중요한 일은 독서 다음으로 옮기겠다는 의지가 필요하다.

변화를 위한 독서습관을 길들이려면 책을 읽겠다는 의지와 과정 속의 유혹과 어려움을 견디는 노력이 필수조건으로 충족되어야 한다. 익숙하지 않은 독서를 습관으로 정착시키는 일은 어렵고 인내가 필요하지만 자리 잡힌 독서습관은 무엇보다도 큰 즐거움일 뿐만 아니라 자신의 삶을 변화시킨다.

시간을 잘 활용하는 사람은 인생에서 가장 중요한 일에 시간을 쓰는 사람이다. 독서에 시간을 투자해보자. 자신의 꿈을 이루어주는 것만큼 훌륭한 일은 없다.

검증받은 것은
배신하지 않는다

일본의 작가 사이토 다카시는 일본 메이지 대학교 문학부의 괴짜 교수로 유명하다. 그는 매달 생활비를 걱정해야 할 만큼 가난한 젊은 시절을 보냈으며 서른 살이 넘도록 변변한 직업조차 없었다. 하지만 그는 독서에 희망을 걸었다. 독서의 힘은 결국 그를 메이지대학의 교수로 만들었고 700여 권의 베스트셀러를 쓸 수 있는 능력을 주었으며, 전 세계적으로 수백만 명의 멘토가 되게 했다. 그의 저서 『독서는 절대 나를 배신하지 않는다』는 자신의 독서 체험을 바탕으로 썼다고 한다. 독서에 대한 사이토 다카시의 믿음은 충분히 근거가 있고 절대적이다. 어려운 시절에 방황하며 책이 아닌 다른 곳에 관심을 가졌다면 이룰 수 없는 성과임을 알기에 확신한다.

우리가 주식에 돈을 투자한다면 목적은 돈 벌기이고, 투자는 시간과 노력, 돈이 된다. 주식은 등락이 있고 손실과 이익 사이에서 움직인다. 일반적으로 주식의 승자는 큰손이라 불리는 연기금이나 헤지펀드 그리고 정보의 최전선에서 움직이는 기업주와 대형증권회사다. 개미로 불리는 일반 소액투자가의 코 묻은 돈까지 베짱이가 뺏어가는 형국이다. 다른 투자들도 마찬가지다. "No Risk, No Return" 위험이 없으면 이득도 없다는 영어 격언도 이에 부합된다. 연애를 해도 무조건 결혼으로 이어지지 않으며, 장사를 해도 무조건 돈을 벌지는 못한다.

하지만 독서는 다르다. 책을 읽으면 읽는 만큼의 이득이 있고 시간 외엔 잃을 것이 전혀 없다. '책은 독자를 절대 배신하지 않는다'는 명제는 언제나 참이다. 독서가 배신하지 않는 이유가 있다.

먼저 책은 현상이 아닌 변하지 않는 진리인 본질을 알려주기 때문이다. 어떤 상황에서도 변하지 않는 핵심을 파악할 수 있는 능력을 주기 때문에 올바른 판단을 할 수 있게 돕는다. 현상 아닌 본질을 보고 투자한 결과다. 투자의 본질은 경기나 표면상의 지표가 아니라 회사의 기술력과 성장 잠재력 등 미래 가치에 있다. 표면적으로 보이는 회사의 재정상태가 아닌 내재된 가치를 볼 수 있어야 좋은 결과를 얻을 수 있다. 이에 더해 가치가 성숙할 때까지 기다릴 수 있는 능력과 인내심도 필요하다.

독서의 목적은 본질을 찾아가는 여정이다. 인간의 본성, 삶의 본질, 인생의 본질과 원리를 찾기 위해 책을 읽는다. 본질을 이해하지 못하면 현상만 보고 어리석은 판단을 내리기 쉽다. 상대방의 행동이 아닌 마음을 읽을 수 있어야 한다.

　독서가 배신하지 않는 두 번째 이유는 자산을 내부에 축적할 수 있다는 데 있다. 꽉 움켜쥐고 있다 하더라도 재물이나 명예는 손가락 사이로 빠져나가는 모래와 같다. 사업을 잘 하다가도 자신의 능력 밖의 일로 망하는 경우도 많다. 과거 IMF 국가부도 상태일 때를 생각해보자. 잘 나가던 회사나 가게가 얼마나 많이 쓰러졌는가. 국민이 겪은 고통은 또 얼마나 큰가. 항시 유동적인 부와 명예를 지키는 것은 쉽지 않다. 그러나 책을 읽고 얻은 지식이나 지혜는 부동의 자산이다. 오로지 자신만의 지식이 되며 죽을 때까지 힘이 된다. 이만큼 수익률이 좋은 투자는 없다. 독서는 마르지 않는 샘이며, 끊임없이 보물이 나오는 화수분이다. 요람에서 얻은 것을 무덤까지 가져갈 수 있는 것은 재물도 사람도 아닌 책을 통해 얻은 지식뿐이다.

　독서가 자신을 배신하지 않는 세 번째 이유는, 믿을 만한 사람을 보고 투자를 한다는 데 있다. 자신이 인정하고 세상이 확증한 작가의 책은 믿을 만하다. 더 이상의 증명은 불필요하다. 배신하지 않는다는 말은 신뢰한다는 뜻인데 충분한 신뢰는 독자들에 의해 검증됐다. 책만큼 오랜 시간 동안 검증을 받은 것도 없다.

　자신의 주변 상황은 언제 변할지 믿을 수 없다. 실패 없고 고통 없으며 믿을 만한 책에 대한 투자는 과감할수록 좋다. 믿을 만한 힘을 얻고 풍성한 열매를 맺게 하는 독서에 투자하자. 최고의 수익은 배신 없는 독서를 꾸준히 할 때 얻는다.

지식의 향연으로
빠져들어라

　철학은 지혜를 사랑한다는 의미다. '인간과 세계에 대한 근본 원리와 삶의 본질을 연구하는 학문'이라는 사전적 의미도 갖고 있다. 책을 읽다 보면 철학적 가치를 추구하고 그것을 사랑하는 시간이 온다. 사람에 따라 일찍 올 수도 늦게 올 수도 있지만 책을 읽는 사람이라면 겪는 과정이다. 독서 인생의 필수코스라 할 수 있다. 삶의 궁극적 목적이 행복이며, 독서의 목적이 행복한 삶을 사는 지혜를 얻는 것이라면 자신이 원하는 삶이 무엇인지, 어떤 능력이 있는지를 알아야 행복의 기준을 잡을 수 있다. 삶의 본질과 세상의 근본 원리를 알아야 잘 살 수 있는 방법과 상황에 대처할 수 있는 지혜를 구하지 않겠는가. 단기적인 목표를 위해 책을 읽더라도 궁극적으로 마주치는 게 철학이다.

철학을 학문적으로 자리매김한 사람이 플라톤이다. 소크라테스의 제자이자 아리스토텔레스의 스승인 플라톤은 『국가』, 『향연』 등 많은 글을 남겼다. 그 중 『향연』은 에로스를 다양한 시각과 수준에서 볼 수 있게 만든 뛰어난 작품이다. 사랑의 신 '에로스'를 아름다움이 결핍되었기 때문에 아름다움을 추구하는 욕망을 가진 신으로 보고, 출산의 동기는 죽지 않고 영원히 살 수 있는 데 있다, 라는 소크라테스와의 대화는 백미로 꼽힌다.

플라톤의 『소크라테스의 변론』은 책 읽는 맛을 느끼게 해준다. 말이나 언어의 유희가 아닌 황홀한 지식의 향연이다. 자신의 죽음을 변론하기보단 삶과 인간, 정의와 올바른 삶의 방향성을 제시해주는 교과서다. 쉬운 말로 변론하지만 의미하는 바는 결코 가볍지 않다. 소크라테스의 죽음을 보고 민주주의에 대해 환멸을 가졌던 플라톤은 "정치에 참여하지 않는 벌 중의 하나는 자신보다 저급한 사람들의 지배를 받는 것이다"라는 명언을 적었다. 이는 민주주의 본질을 훼손하는 사람들의 무관심을 지적하고 각성하게 한다. 직접 당하는 고통이 아니면 보신을 최고의 미덕으로 삼는 민주주의의 병폐를 언급한 것이다. 곱씹어 생각할수록 그 진가를 드러내는 『향연』과 『소크라테스의 변론』 속 지식의 향연은 철학을 동경하는 계기가 됐다.

나는 인문고전을 즐겨 읽는다. 수백 년 동안 사랑받아 온 책들이다. 아이러니하게도 고전작가들 대다수는 평범하지 않은 귀족 가문이나 경제적으로 윤택한 사람들이다. 그렇지 않은 작가라도 소시민의 삶을 그린 작품보다는 화려하고 풍족한 귀족들의 모습을 담고 있다는 사실이다. 이는 그 당시에는 작가라는 직업만으로는 살 수 없는 환경이었다는 점과, 글은 가진 자와 기득권층의 전유물이었음을 미루어 짐작할 수 있다.

이런 시대적 환경 탓에 고전을 읽으면 상류 사회의 특별한 생활을 엿볼 수 있다. 화려한 드레스를 입은 아가씨와 귀부인들, 하녀의 손길이 느껴지는 연미복을 입은 멋진 신사들, 마차를 타고 웅장한 대저택으로 들어가는 모습, 분주하게 움직이는 하인들, 와인 잔을 들고 서서 이야기하기도 하고, 더러는 테이블에 앉아 놀이를 한다. 분위기가 무르익으면 그들은 서재가 있는 방으로 들어가 밤이 늦도록 사랑과 친구라는 주제로 열띤 토론을 한다.

이런 풍경은 고전에서 흔히 볼 수 있다. 그들은 먹고 마시며 춤추는 육체적 쾌락도 좋아하지만 삶을 풍요롭게 도와주는 지식의 향연 또한 좋아한다. 일시적인 쾌락보다 지속적이고 더 큰 기쁨인 지적 에로스를 사랑한다. 의식주가 해결되면 교양을 위한 문화생활이 필요한 것이다.

독서는 지식의 향연이다. 우리는 고전 책 속의 상류층들이 나누는 우아하고 품격 있는 지식의 향연을 벌이기엔 지식의 역량이 모자란다. 그래도 꿈을 포기할 수는 없다. 시간과 장소, 비용의 한계 덕분에 새로운 방법을 찾았다. 한계를 넘으면 한계가 없어진다. 바로 좋은 책 속으로 들어가 멋진 사람들과 지식의 향연을 벌이는 것이다. 시공간을 초월하여 우아하고 품격 있는 지식의 향연 속으로 빠져드는 것이다.

독서는 근본적으로 대화이며 소통하기다. 책 속의 인물들과 대화하고 때때로 창조주인 작가와도 대화한다. 살아 있는 대화, 즉 질문과 대답을 잘 주고받는 것이 책을 잘 읽는 방법이다. 책 속에서 위대한 정신의 소유자들과 대화를 나누는 것은 황홀한 일이다. 일상생활에서는 전혀 듣지도 보지도 못했던 신비한 의미가 가득한 말이 있고, 자신의 한계, 습관, 삶의 굴레를 깨는 혁명적인 언어가 있다. 환상적인 만남이며 황홀한 지식의 향연이다. 향연이란 특별히 융숭하게 손님을 대접해 함께 먹고 마시는 잔치다. 그래서 나는 마음을 다해 책 속의 인물들을 대한다. 할 수 있는 최대한의 존경과 예의를 갖추고 책 속 장면으로 들어간다. 나는 날마다 지식의 향연을 경험한다.

책 속에서의 지식의 향연은 성대하고 즐거운 잔치다. 황홀한 지적 대화가 있는 잔치다. 즐겁고 인상적이었던 만큼 지식의 향연은 자신의 삶 속에 녹아든다. 자신의 지식이 되고 지혜가 된다. 책 속 인물들과의 지적 대화는 현실에선 도저히 얻을 수 없는 깊이와 감동이 있다. 형편없는 질문에도 짜증내거나 화냄이 없다. 거기에 더하여 한 푼 없어도 큰 잔치를 벌일 수 있다. 대가를 바라지도 않는다.

지식의 향연은 삶의 의미와 인간과 세계에 대한 근본 원리를 알아가는 인문학에만 존재하는 것은 아니다. 과거와는 달리 지식과 지혜의 차이가 거의 없고 통섭의 힘을 강조하는 시대엔 어느 분야나 지식의 향연이 가능하다. 아니, 실질적인 생활에 도움이 되는 학문에서 더 많은 기쁨을 얻을 수도 있다.

"천재는 노력하는 사람을, 노력하는 사람은 즐기는 사람을 이기지 못한다"라는 말이 있다. 향연에는 지극한 즐거움이 있다. 시간 가는 줄 모르고 밤새도록 즐길 수 있는 힘이 있다. 책 읽기는 즐거움이다. 즐기지 못하면 이해되지 않고 지혜가 될 수도 없다. 지식의 향연을 자주 벌이면 여유 있는 인생이 가능해진다. 분주함 속에서도 꿀맛 같은 휴식을 취하는 것이다. 지식의 향연 같은 위대한 독서가 날마다 일어나는 기적이 있기를 진심으로 바란다.

책에서는
행복의 당첨 확률이 100%다

　사회 초년생이 되면 눈코 뜰 새 없이 바쁘다. 직장 적응하기 외 결혼 준비, 육아 등에 신경 쓰다 보면 개인의 삶이 없는 생활이 되어 버린다. 책을 읽는다는 건 사치이자 언감생심이 된다. 하지만 그 와 중에도 책을 즐겨 읽는 이들은 있다. 어려운 환경 속에서도 책을 읽 는 이유는 무엇일까. 책보다 재미있는 일도 많고, 크고 작은 모임이 보편화된 시대에 왜 책을 읽을까. 자신의 미래를 위한 자기계발을 위해서일 수도 있고, 기분전환을 위한 방편일 수도 있고, 현실의 고 통과 두려움을 벗어나기 위한 길 찾기를 위한 목적일 수도 있다. 자 기계발서는 미래의 두려움을 미리 해결하자는 것이며, 불안한 감정 을 위로받고 싶을 때 읽기도 한다. 고통과 두려움을 벗어나기 위한 독서는 당면한 현실의 불만족에서 기인한다. 미래에 대한 두려움과 불안, 현실에 대한 불만족이 있다는 반증이다. 지금 만족스런 삶을 사는 사람이 굳이 변화를 원하지 않는 것과 마찬가지로 불안하고 불만족스러운 사람들은 상황의 변화를 원한다.

나는 자기계발보다는 감정 전환과 현실에 대한 불만족을 해결해보고자 책을 읽기 시작했다. 그것도 늦은 40대 나이에. 이 방법 저 방법 다 써보기도 하고, 잠깐 동안의 시름을 잊기 위해서 술도 마셔보았지만 하룻밤 자고 나면 문제는 그대로 남아 나를 또다시 괴롭히고 있었다. 그러다 마지막으로 찾아간 곳이 도서관이었다. 야산 중턱에 있는 도서관은 정문에 들어서는 순간부터 마음을 평안하게 만들어주었다. 책장에 있는 수많은 책들을 보면서, 그들이 나의 불안함과 고통을 덜어줄 해답을 품고 기다리고 있는 것처럼 느껴졌다.

처음으로 잡은 책이 사마천의 《사기》와 중국의 3대 역사서라 불리는 《자치통감》과 《십팔사략》이었다. 수천 페이지에 달하고 고전 중의 고전이라 불리는 책들인데, 감히 애송이도 아닌 애벌레가 읽기를 시도한 것이다! 이해가 되지 않았지만 그냥 쭉 읽었다. 불안과 고통을 이들 역사서 외엔 해결해줄 수 없을 것 같은 믿음을 가지고 있었기에 이해가 되든 안 되든 상관없이 미련하게 읽었다. 읽었다기보다는 그림으로 봤다는 표현이 더 정확할지도 모른다.

그렇게 나는 6개월이라는 시간을 중국의 사서들을 읽는 데 바쳤다. 얇은 시집 하나, 쉬운 수필집 한 권 읽지 않는 사람이 도전하기에는 너무도 무모했다.

하지만 무도한 도전이기에 들인 시간과 노력에 비하면 작다고 할 수 없는 깨달음을 얻었다. 국가나 왕의 계보가 아닌 인간의 본성과 세상의 이치를 명확하게 볼 수 있게 되었다. 수천 명도 넘는 등장인물의 캐릭터와 삶을 보고 인간의 본질을 파악할 수 있었고, 다양한 영웅들의 성공담과 패자들의 변론을 통해 삶과 세상의 원리를 정확히 인지할 수 있었다. 그 속에는 승자와 패자의 공식, 권모술수가 횡행했고, 권력의 속성과 패권의 원리, 재물의 속성과 권력과의 관계 등이 총망라되어 있었다. 수천 년 역사에서 일어난 수많은 사건이 밀도감 있게 상세하게 기록되어 있었다.

물론 나는 듬성듬성 이해할 뿐이었지만, 그때의 깨달음으로 얻은 기쁨은 말로 형언할 수 없을 만큼 나의 삶을 흔들어놓았다. 책에는 학교에서 가르칠 수 없는 비정한 내용이 가득하고, 사회를 유지한다는 목적 아래 비윤리적이고 반인륜적인 내용이 많았다. 위대한 황제나 영웅 치고 스스로 황위를 물려받은 사람은 한 명도 없었다. 스스로 물려받은 황제가 위대하게 될 리도 만무한 것과 마찬가지다. 재물을 모으는 방식도 이상했다. 첫 번째 방식은 권력을 가지면 된다는 것이다. 두 번째는 법으로 금지된 독과점을 자신의 환경에 맞게 이용하면 큰돈은 아니더라도 만족할 만한 재물은 얻을 수 있다는 것이다.

그렇다. 나는 두려움과 고통을 해결하기 위한 방편으로 책을 읽기 시작했다. 책을 읽을수록 타인들의 삶을 통해 나 자신을 반추해보는 시간을 가질 수 있었다. 그 속에서 자신을 위로하고 용기를 얻었으며, 타인을 이해하고 아픔에 공감하는 이타심도 생겼다. 책은 그들을 통해서 나에게 힘을 주었고, 작은 행복도 느끼게 해주었다. 행복이 무엇인지, 어떻게 생긴 것인지, 어디에 있는지를 알아 볼 수 있는 희미한 촛불을 나에게 준 것이다.

　독서는 행복 찾기다. 두려움과 불만족으로 방황하던 자아는 불안과 불만족을 통제하는 방법을 책에서 배웠을 뿐만 아니라 행복까지 발견하는 행운을 누리게 된 것이다. 이제 나에게 책 읽기는 행복 발견이 아니라 행복 찾기다. 인생의 목적과 독서의 궁극적 목적이 행복이듯이 행복 찾기는 나 자신의 독서 목적이다. 행복의 기준은 딱히 없다. 생활에서 충분한 만족과 기쁨을 느껴 흐뭇한 상태가 되기 원한다는 나름의 정의가 있을 뿐이다. 행복은 멀리 있지도 않고 한 번에 엄청난 크기로 오는 것도 아닌 것 같다. 일상이 행복일 것 같은데, 여전히 부족한 게 많아서 나는 책을 읽는다.

　　　밖에서 오는 행복도 있겠지만 자기 마음 안에서 향기처럼, 꽃향기처럼 피어나는 것이 진정한 행복입니다. 그것은 많고 큰 데서 오는 것이 아니고 지극히 사소하고 아주 조그마한 데서 찾아옵니다. 조그마한 것에서 잔잔한 기쁨이나 고마움을 느낄 때 그것이 바로 행복입니다.

　법정 스님의 '행복'이라는 시다. 역시 큰스님이라는 생각이 드는 시다. 그때의 책 읽기는 불행해서 행복해지려고 한데 반해, 지금은 어떤 상황에서도 더 이상 불행하지 않기 위해 나는 책을 읽는다. 행복한 것이 행복이 아니라 불행하지 않은 것이 행복이라는 것을 깨달았기 때문이다.

행복 속에 포함되는 단어는 매우 많다. 만족, 즐거움, 기쁨, 행운, 안녕, 긍정적인 마음, 평안 등이 그것이다. 이들 가운데 한 단어라도 포함되면 행복이 될 수 있다. 어떻게 보면 행복은 외부에 있는 것이 아니라 내부에 있다는 뜻이다. 물질도 넉넉하고 마음도 만족하면 좋겠지만 인간의 욕망과 끊임없이 비교하는 상대적인 행복 속에서는 행복을 찾기 어렵다. 외적인 것은 자기 마음대로 어찌할 수 없지만 내적인 마음만이라도 통제할 수 있는 삶이 그나마 행복한 삶이 아닐까 생각해본다.

그리고 행복은 우연히 찾아오는 것이 아니라 노력하는 자에게만 온다는 사실도 깨달았다. 벤저민 프랭클린의 "인간의 행복은 어쩌다 찾아오는 큰 행운보다는 일상적으로 일어나는 자잘한 것들에서 온다"는 말도 법정 스님의 말과 다르지 않다. 네 잎클로버를 따기 위해 세 잎클로버를 밟아서는 안 된다는 교훈을 얻었다. 행운 아닌 행복을 사랑하는 것이 진리다.

책을 통하여 지식을 얻는 것은 사소한 것이요. 지혜를 찾는 것은 훌륭한 일이며, 행복을 구하는 것은 위대한 일이다.

독서는 행복 찾기다. 지식보다는 지혜를, 지혜보다는 행복을 찾는 것이 진정한 독서다.

휴식의 참맛은
생각의 변화에 있다

08

일본인이 사랑하는 독서법의 고전 『가토 슈이치의 독서만능』의 저자인 가토 슈이치는 일본이 패전의 악몽에서 벗어나려고 노력하던 시기에 하와이로 휴가를 갈 기회가 생겼다. 귀하게 얻은 휴가라 하와이의 정경을 즐기며 맘껏 쉬고 싶었다. 그는 호텔에 여장을 풀고 야자수와 낭만적인 풍경이 어우러진 멋진 풀장에서 수영을 즐겼다. 그곳에는 수영을 하거나 물장구를 치며 놀고 있는 사람들, 따가운 햇살 아래에 일광욕을 즐기는 사람들, 음료를 마시며 벤치에 앉아 담소를 나누는 사람들 모두 이 모양 저 모양으로 휴가를 즐기고 있었다. 그러다가 생소한 풍경이 파노라마처럼 지나가는 것을 느꼈다. 다름 아닌 여기저기에서 책을 읽고 있는 광경이 눈에 들어온 것이다. 서양의 합리적인 이성을 생각한다면 휴가 중 독서는 모순이기 때문이다. 쉼을 얻기 위한 휴가 중에 독서라니, 상식적으로 이해

48

할 수 없는 장면이었다. 문화충돌이었다고 그는 책에서 고백한다. 하지만 이제는 여행이 보편화되고 휴가지에서의 독서 또한 일상이 되었다.

　독서는 최고의 휴식이다. 휴식이란 잠깐 일을 멈추고 새로운 도약이나 성장을 위한 쉼을 가진다는 의미다. 편하게 누워서 텔레비전을 시청하는 것도 휴식이고 조용한 방에서 아무 생각 없이 보내는 것도 휴식이며, 한증막과 냉탕을 오가면서 육체의 피로를 푸는 것도, 영화를 보면서 정서를 달래주는 것도 휴식이다. 휴식은 다람쥐 쳇바퀴 같은 일상에서 벗어나기만 하면 되는 것이다.

　하지만 이런 휴식들이 지치고 힘든 육체의 피로와 감정의 피곤은 풀어주지만, 삶에서 상처받고 지친 영혼에는 어떤 위안도 주지 못한다는 것이다. 천근만근 무거운 육체의 피로도 푹 쉬면 사흘이면 풀어진다. 시시때때로 바뀌는 감정의 피로감도 평온과 기쁨이 찾아오면 해결할 수 있다. 하지만 영혼의 휴식은 단순하게 해결되지 않는다. 영혼이 안식하려면 근본적인 처방이 필요하다. 마음의 상처가 있다면 내면을 치유할 힘이 있어야 하고, 직장이나 사업장에서 걱정과 두려움이 있다면 원인을 찾아 해결할 능력이 있어야 한다. 또한 미래에 대한 걱정이 문제라면 상응하는 대안이 있어야 평안해진다. 그것이 곧 영혼의 휴식이다.

　휴식은 게으름도, 멈춤도 아니다. 휴식을 모르는 사람은 브레이크가 없는 자동차 같아서 위험하기 짝이 없다.

자동차 왕 헨리 포드의 말이다. 휴식을 갖지 못하면 생산성도 낮아지고 신체나 업무에 불협화음이 일어난다. 브레이크 없는 자동차같이 위험에 빠질 수도 있다. 자신을 돌아볼 성찰의 시간 없이 폭주하는 기관차가 됨을 경고한다. 휴식이란 성찰과 미래에 대한 사색이다. 독서는 휴식이 주는 최상의 것을 줄 수 있다.

몸과 마음을 편히 하는 휴식이 좋다. 잠깐의 휴식이라도 거기에 즐거움이 있다면 금상첨화다. 책을 읽으면서 갖는 휴식에는 즐거움이 크고 지속적이라는 장점이 있다. 또한 미래를 준비할 수 있는 혜안을 길러준다는 장점도 있다. 미래에 대한 걱정은 경험하지 못한 일에 대한 두려움이나 불안이다. 아무리 큰 고통이라도 경험한 것은 힘들 뿐이지 두려움이나 불안의 대상은 아니다. 자아를 강하게 단련해주고 미래에 대한 통찰력을 주는 책 읽기는 이런 불안을 없애줄 수 있는 최고의 수단이 된다. 휴가 기간을 통해 미처 해결하지 못했던 문제를 풀고 영혼의 안식을 주기 위해 사람들이 책을 읽는 풍경이, 적지 않은 경비를 지불한 호텔 풀장에서 책을 보는 풍경이 이제는 이해될 것도 같다. 휴식 중 독서는 잠깐의 시간을 빼앗을 수도 있지만 훨씬 큰 휴식을 얻을 수 있는 것이다.

독서는 최고의 휴식이다. 또한 휴식을 만들어줄 수 있는 힘도 가지고 있다. 영원한 혁명가인 체 게바라는 "나에게 가장 달콤한 휴식은 책을 읽는 것이다"라고 말했으며, 나폴레옹은 전쟁 중에도 잠깐의 휴식 동안 독서를 했으며, 중국의 국부 모택동은 평생 동안 책을 놓지 않았다고 한다. 독서가 최고의 휴식임을 알았기 때문이다.

대통령이나 기업체 사장들의 휴가 계획 중에 책의 목록이 빠지지 않는다. 그들이 읽을 책 제목이 공개되면 업무의 연장선인지 책을 좋아해서 가져가는 것인지 궁금해진다. 휴가를 가는 건지 책을 읽으려 휴가를 가는 건지 알 수가 없다. 주객이 전도된 느낌이다. 직원이나 근로자들에게 휴가 중 책을 읽으라고 하면 말이 안 되는 것 같은데, 국가와 경제의 수장들이 읽는다고 하면 왠지 고상해 보인다. 그들이 소중한 휴가 중에 책을 읽는 이유는 무엇일까.

최고의 자리에 있는 사람은 그 권력만큼 책임이 크다. 그들에겐 육체적 휴식은 의미가 없다. 육체적인 노동은 노동자에 비하면 미미한 수준이다. 그들이 원하는 휴식은 육체의 편안함이 아니라 영혼의 안식에 있다. 자신의 결정 하나로 수많은 사람들의 삶이 바뀔 수 있다. 촌각을 다투는 영혼의 승부를 해야 한다. 조언을 구할 수는 있지만 대신 결정해주길 바랄 수는 없다. 긴장과 고뇌가 그들의 삶이다. 평안한 상태에서 합리적인 결정이 나온다. 영혼의 휴식이 절대적으로 필요한 이유이다.

우리에게도 영혼의 휴식이 필요하다. 국가에선 대통령이 최고의 결정권자이고 기업체에선 사장이 최종 의결권을 가지고 있지만 자기 삶의 최고 결정권자는 당연히 자신이다. 우주의 중심도 세상의 중심도 무리의 중심도 자신이 주인이 되어야 한다. 노예 같은 삶을 살지 않도록 삶의 방향을 정하고, 삶의 질을 높이고, 목표를 추진하는 성공 여부는 자신의 손에 달려 있다. 진정한 유일성이다.

중대한 결정을 날마다 하는 것이 인생이다. 그 노고에 따른 안식이 필요하다. 영혼의 휴식에 독서만큼 훌륭한 것은 없다. 최고 결정권자들의 독서목록에는 영혼의 휴식이라는 큰 뜻이 숨어 있다. 독서를 하며 휴식의 참맛을 느껴보자. 기분 전환과 생각의 변화는 보너스다.

책 읽는 자 강하고
강한 자 살아 남는다

09

"사람은 책을 만들고 책은 사람을 만든다"라는 말은 교보문고 입구의 큼지막한 돌에 새겨진 글이다. 이 글에는 창업주 대산 신용호 선생의 뜻과 꿈이 서려 있다. 일제 강점기인 1917년에 태어난 그는 여러 차례 죽음의 문턱을 넘나들었다. 이후 보통학교에 진학하고 싶었으나 나이가 많아 입학이 거절되자 '천일 독서'를 목표로 닥치는 대로 책을 읽었다. 낮에는 밭에서 고된 노동을 하고 밤늦게 책을 읽는 생활이었다. 그 중 『헬렌 켈러』와 『카네기 전기』는 그의 인생을 바꾼 책들이었다. '사흘만 세상을 볼 수 있다'는 마음가짐으로 조금 더 가치 있는 삶을 살기 시작하고, 자신과 마찬가지로 불우했던 카네기의 성공 신화에 큰 도전을 받았다.

그의 가문은 아버지 신예범과 형제들이 적극적으로 독립운동에 가담함으로써 대가를 톡톡히 치른 애국애족의 가문이기도 하다. 일제강점기와 한국 전쟁의 폐허 속에서 국가와 민족이 바로 설 수 있는 방법은 오직 '교육'밖에 없음을 깨달았다. 그는 일본과 중국 북경에서의 성공을 발판으로 삼아 1958년 대한교육보험이라는 회사를 창업했다. 매일의 밥걱정이 주요 관심사인 그때에, 생소한 보험으로 미래 세대를 위한 교육보험을 준비한 선각자였다. 전쟁의 폐허와 나라도 작고 자원도 부족한 나라에서 잘 살 수 있는 방법은 오직 인재양성에 있음을 인지한 것이다. "사람이 곧 미래다" 같은 슬로건을 이미 한 세기 전에 예견한 것이다.

그의 호는 대산, 큰 산이란 뜻이다. 모든 인간과 자연을 넉넉히 품을 수 있는 인간이 되고 싶었던 의지의 표현이지 않을까 싶다. 민족을 사랑하고 사람을 사랑한 그의 인품이 "사람은 책을 만들고 책은 사람을 만든다"라는 글에 새겨져 있는 것이다. 단순한 책장사가 아니라 대한민국의 꿈과 미래를 파는 사람이라는 자부심이 깃들어 있음을 느낀다. 서울의 중심인 종로에 상상도 하지 못할 정도의 서점을 구상할 때 거의 모든 임직원들이 반대했다고 한다. 금싸라기 땅에 이익도 거의 없는 책장사가 웬 말이냐는 것이다. 일본인의 평균 책 구매량이 연간 10권이고, 미국이 8권, 한국은 겨우 1~2권밖에 되지 않고 시장도 너무 작아서 사업성이 없다는 것이다. 그럼에도 그의 신념은 확실했다.

교보문고는 자신의 이익을 간구하지 않고 민족과 사람을 사랑한 그의 가치관과 세계관의 발로였다. 이런저런 생각을 하다 보면 교보문고를 들어가는 발걸음이 마냥 가볍다. 책을 팔려는 곳이 아니라 꿈과 사랑을 주는 곳이기 때문이다.

　'사람은 책을 만들고 책은 사람을 만든다'는 말이 참 좋다. 거꾸로 해도 전혀 무방하다. 인간적으로 보면 사람이 먼저고 철학적으로 생각하면 책이 먼저다. 인간의 생각은 단순하다. 자신이 있어야 세계가 있고 물건을 만들 수 있다. 그럼 반문해본다. 인간은 누가 만들었는지. 다윈의 진화론을 믿는다면 인간의 조상은 박테리아의 일종이다. 세상에서 가장 터무니없는 거짓말은 진화론이다. 특히 인간이 박테리아를 거쳐 유인원이 되고 호모 사피엔스 인간이 되었다는 거짓말은 믿을 수도 믿지 않을 수도 없다. 박테리아가 유인원으로 옮겨가는 과정을 조금이라도 증명할 방법이 있는가. 유인원이라고 하는 침팬지나 오랑우탄이 인간으로 진화하는 과정의 극히 일부라도 증명할 수 있는가. 진화론에 따르면 유인원 역시 수만 년의 삶을 살아오고 있다. 그렇다면 유인원 중에서 똑똑한 개체가 하나쯤 나와야 입증된다. 안 되고 있지 않는가. 우리가 가설을 정설로 믿어버린 오류다. 찰스 다윈의 『종의 기원』에서도 일반 동식물에게 진화론을 적용하고 있지만 인간의 진화는 근거도 없을 뿐더러 그도 역시 주장하지 않는다. 다만 자연의 원리처럼 강한 자가 살아남는다는 논리로 산업혁명 시기에 신흥 자본주의자들이 봉건 영주나 수구 세력에 대항하기 위한 이론으로 이용했다는 주장에는 동의한다. 진화론이 아니라면 사람은 자연적으로 생성되었거나 창조주가 빚어냈을지도 모른다.

책은 파피루스나 양피지, 종이로 만든 물건만 의미하지는 않는다. 책의 본질은 책에 담긴 인간, 자연 그리고 영혼을 통틀어 말한다. 인간의 삶과 죽음에 대한 본질이 들어 있고, 자연의 원리와 이치가 들어 있으며 영혼이 글로 표현되어 있다. 책은 사람을 만들고 사람은 책을 만든다.

사람, 책, 사람, 책, 사람, 책을 되뇌다 보니 힌두교나 불교의 '윤회사상'이 떠오른다. 수레바퀴가 끊임없이 구르는 것같이 반복된다는 느낌과 눈송이가 굴러갈수록 커지는 모습을 보는 듯하다. 위대한 인간은 좋은 책을 만들고 좋은 책은 참된 인간을 만든다. 참된 인간은 좋은 책을 만들고 좋은 책은 위대한 인간을 만든다. 앞뒤를 거꾸로 읽어도 모두가 참이다. 위대한 인간의 삶은 좋은 책이 될 수 있고, 좋은 책은 위대한 인간을 만들어줄 수 있다.

사람은 책을 먹어야 하고, 책은 사람을 먹어야 산다. 사람은 책을 먹지 않으면 바보가 되고 책은 인간을 먹지 않으면 세상에서 사라질 수밖에 없다. 책과 사람은 떼려야 뗄 수 없는 불가분의 관계다. 인간이 다른 동물과의 경쟁 속에서 살아남을 수 있었던 것도 문자라는 도구로 선대의 지식과 지혜를 후대에 전달해주면서 강한 힘을 발휘했기 때문이다. 인간과 인간의 경쟁 속에서 책을 통해 누가 더 많은 지식과 지혜를 획득하고 높은 통찰력을 갖느냐에 따라 성패는 결정된다. 인류의 유산인 책을 읽는다는 것은 훌륭한 일이다. 좋은 책을 통해 우리는 거듭나고 위대해진다.

시선을 돌리면
안 보이던 것이 보인다

이기심은 자신을 이롭게 하려는 마음에서 나온다. 무엇을 하든 자신에게 도움이 되어야 하며, 자신에게 선택과 관심이 집중돼야 인정할 만한 가치가 있다고 여긴다. 타인의 아픔에는 무관심하고, 타인의 아름다운 면을 보지 못하거나 외면한다. 좁은 틀 안에서 자신만의 변화나 발전을 꾀하는 행위로 자기애를 가진 인간의 본능을 우선시하는 자기중심적 세계관이다. 이기심의 원인은 오직 자기만을 생각하는 데 있다. 타인이 존재하는지, 그들에게 어떤 아픔이 있는지 개의치 않는 마음이 이기심이다.

천국과 지옥의 식사 풍경에 대한 이야기가 있다. 우물을 가운데 두고 천국과 지옥에 있는 사람들이 둘러앉았다. 맛있는 음식을 똑같이 주고 기다란 젓가락으로 먹게 했다. 지옥에 있는 사람들은 기다란 젓가락 때문에 음식이 어깨에 떨어지거나 먹을 수가 없어서 험악한 인상을 쓰다가 끝내 배고픔에 쓰러진다. 하지만 천국에 있는 사람들은 밝은 표정으로 맛있게 먹고 있다. 자세히 살펴보니 기다란 젓가락으로 우물 건너편에 있는 사람에게 음식을 떠먹여 주고, 자신이 아닌 옆 사람에게 음식을 먹여 준다. 남에게 음식을 건네지만 결국 남이 건넨 음식을 자신이 받으니 배불리 먹을 수 있는 것이다.

이타심도 이와 마찬가지다. 남을 위한 배려지만 궁극적으로 자신을 위한 행동이다. 함께 살 것인지 함께 고생할 것인지는 모두 개인의 몫이다. 독서의 유익은 끝이 없다. 해답도 없다. 올바르게 살아갈 방향과 방법만을 알려줄 뿐이고 선택은 개인의 몫이다. 지혜로운 사람은 성취감도 크다. 지혜를 구하는 최선의 방법은 책을 읽는 것이다. 책 외에는 답이 없다.

이기적인 마음을 이타적인 마음으로 만드는 것이 독서다. 이기적인 마음이 나쁜 것만은 아님도 명심해야 한다. 자신의 내면을 강화하기 위해 필요한 마음이 이기심이다. 자신의 내면적인 힘의 강화 없이 이타적인 삶만을 강조하는 사람의 몸과 마음은 타인으로부터 갉아 먹힐 수도 있고 성공적인 삶을 살 수 없다. 사물에는 양면성이 있다. 이타적인 이기심과 이기적인 이타심이 적절하게 삶에 나타나야 좋은 삶이 된다. 록펠러의 성공에 대한 욕망이 궁극에는 그를 자선사업가로 만들었으며, 나눔을 실천하고 이타적인 삶을 살게 했다. 이기심과 이타심은 종이 한 장 차이다. 독서를 통해 자아를 강화하고 이타적인 삶을 얻는 사람이 훌륭한 독자이다.

사실 독서란 이기적인 행위다. 시간이 없다고 하면서도 집에서 책을 읽고, 쉬어야겠다고 하면서 밤늦게까지 책을 읽는다. 책의 즐거움은 오롯이 자신만의 몫이며, 책을 읽는 목적 또한 자기계발이나 자신의 꿈을 이루기 위한 수단이다. 근본적으로 독서는 혼자 하는 행위이니 이기적일 수밖에 없다. 남에게 피해 주지 않고 살 수 있는 개인주의의 전형적인 모델이기도 하다.

그런데 이기적인 행위인 독서를 많이 하는 사람은 틀림없이 이기심이 가득해야 할 텐데, 사실은 그렇지 않다. 오히려 남을 이해하고 배려하는 이타심이 가득하다. 이기적일 것 같은 독서가 '우리'를 우선시 하고, 상대를 배려하고, 타인의 아픔을 이해하는 이타적인 삶으로 만들어준다. 세계를 향한 사랑으로 가득하고, 성숙한 시민으로서 세계관을 확립시켜 준다. 책이 마술이라도 부리는 것이 아니라면 단순한 말장난이나 소수의 경우에 해당하는 것일까. 그렇지 않다. 책은 반드시 독자에게 이타적인 삶을 살도록 강제한다.

독서의 힘은 간접경험을 한다는 데 있다. 한 권의 소설 속에서 여러 인물을 만나고, 다양한 상황을 경험할 수 있다. 1969년부터 25년간 집필한 박경리의 대하소설 『토지』는 경남 하동의 만석꾼 최씨 집안의 이야기다. 주인 최지수가 마을 한량들에게 피살되면서, 최씨 집안은 몰락의 길을 걷게 된다. 고향을 떠나 만주 용정으로 떠난

최지수의 딸 서희는 길상의 도움으로 큰 재산을 모으고 고향으로 금의환향한다. 작가는 한국의 근·현대사의 장대한 흐름을 보여주고 인간의 속성과 삶의 본질을 탐구한다. 600명의 인물이 등장하는데, 모두가 주인공이라 할 만큼 독특한 캐릭터를 가지고 있다. 인물 하나하나에 나타나는 개성과 행동에 따라 독자들은 연민의 정을 느끼기도 하고, 화를 내기도 하며, 때론 저주를 퍼붓기도 한다. 주인공뿐만 아니라 다양한 인물들과 함께 호흡하며 책을 읽는 것이다. 감정의 좋고 나쁨이나 죄의 유무에 대한 변별보다 세상엔 다양한 사람들이 존재하고 서로 영향을 주고받으면서 살 수밖에 없음을 인정하게 된다. 자신과 다른 사고의 논리를 이해하는 마음이 생긴다. 자신이 아닌 타인의 아픔을 이해하고 배려하며, 자기중심적 세계관이 확장되어 성숙한 시민으로 되는 과정이다.

책을 많이 읽을수록 이타적인 삶을 살게 된다. 더 나아가 이타적인 행동이 자기 자신을 위한 행동임을 깨닫게 된다. 자기계발 전문가들이 성공하기 위해선 남을 먼저 도우라고 하는 까닭도 여기에 있다. 심리학자이자 자기계발 전문가인 토니 로빈스는 『Money』에서 이렇게 말했다.

> 부에 이르는 비밀은 간단하다. 타인에게 그 누구보다도 더 많이 도움을 줄 수 있는 방법을 찾으면 된다. 더 가치 있는 사람이 되면 된다. 더 많이 행동하고 더 많이 베풀고, 더 큰 존재가 되고 더 많이 봉사하면 된다. 그러면 더

많이 벌 기회가 생긴다.

　남을 위한 행동이 결국 자신에게 이익으로 되돌아오기 때문에 이타심은 다른 이름의 이기심이 된다. 책을 읽으면 이기적인 마음이 이타적인 마음으로 변할 수밖에 없다. 이 책을 읽는 여러분은 행운을 얻은 셈이다. 책을 읽는다는 것은 세상을 읽고 타인을 읽고 자신을 읽는 과정이다. 책을 읽지 않고 자신만을 아끼는 사람은 성공하기 어려운 사람이다. 그래서 독서하는 사람들은 입이 닳도록 "책 좀 읽어라"라고 말하는 것이다. 이기적인 불안한 삶 대신, 타인을 이해하고 배려하는 이타적인 삶을 살아야 한다. 자신을 성공시키는 확실한 방법이기 때문이다.

독서는
두 번째 인생의 출발점이다

인생은 편도 승차권으로 기차를 타고 여행하는 것과 같다. 멋진 풍경을 자세히 관찰하고 즐길 수는 있지만, 다시 볼 수 없고 되돌아올 수도 없는 일방통행이다. 미진한 숙제가 있더라도 제출해야 하고, 조금 더 잘할 수 있어도 경기 시간은 종료되었으므로 그만해야 한다. 누구든 처음 살아보는 생이고 한 번밖에 없는 생이므로 완벽한 삶을 원하지만 늘 기대에 미치지 못한다. 그래서 고민하고 좌절한다. 다시 한 번 돌이켜 살아보겠다고 신에게 애원해도 전지전능한 신도 이 부분에서는 인정을 베풀지 않는다. 잠시 부활했다가 사라져간 예수를 빼고는 누구에게나 공평해서 불만을 가질 수도 없다. 부귀영화를 누리다 간 중국의 진시황도 단 하루도 더 살지 못했다. 오늘의 가치는 유일무이하기 때문에 오늘을 사는 우리 인생의 가치를 따지는 것은 불가능하다.

그렇다면 만약 완전히 다른 두 번째 인생을 살 수 있다면 어떨까. 노예로 살았다면 자유로운 주인으로 살고, 가난하게 살았다면 풍족한 부자로 살고, 정신없이 바쁘게 살았다면 여유를 갖고 즐기는 인생을 살 수 있지 않을까. 자신이 원하는 진정한 인생을 위한 재창조가 가능할까?

물리적으로 생을 두 번 사는 것은 불가능하지만 인생을 두 번 사는 방법은 있다. 하나는 불교의 윤회사상에 따라 다시 태어나거나 죽은 후에 영생을 얻는 것이고, 다른 하나는 책을 읽고 다시 태어나는 방법이다. 윤회는 현실에서 불가능하기 때문에 우리는 독서를 통해 그동안 살아온 인생과 완전히 구별되는 두 번째 삶을 살 수 있다. 책에서 얻은 지식과 넓힌 시야를 토대로 새롭게 도약할 수 있기 때문이다.

> 가장 훌륭한 시는 아직 쓰이지 않았다. 가장 아름다운 노래는 아직 불러지지 않았다. 최고의 날들은 아직 살지 않은 날들, 가장 넓은 바다는 아직 항해하지 않았고, 가장 먼 여행은 아직 끝나지 않았다.

나짐 히크메트의 『진정한 여행』에서는 아직까지 우리에겐 자신의 삶을 아름답게 채울 시간이 있고, 지금의 인생이 불만족스럽고 힘들다면 더 멋진 삶을 만들 수 있는 희망이 있다고 말한다. 책이라는 거울을 통해 자신을 찾고 원하는 방향으로 걸을 수 있는 능력을 얻을 수 있다. 시간·장소의 제약 없이 값싼 비용으로 수많은 간접경험을 할 수 있고 혁명이라 할 만큼 자신을 머리부터 발끝까지 완전히 새로운 것으로 바꿀 수 있다. 필자뿐만 아니라 성공적인 삶을 산 사람들 중 많은 이들이 책을 통해 혁명적으로 바뀐 두 번째 인생을 맛보았다. 두 번째 인생이 이전과 다른 삶이고, 더 잘 할 수 있거나 더 행복할 수 있다면 선택에 망설임이 없을 것이다. 그 전에 경험했던 익숙한 것들이라 답을 찾기도 쉽고 방황하지도 않을 것이다. 더 여유 있고 행복한 삶이 두 번째 인생이다.

두 번째 인생은 멋진 삶을 사는 것이며 위대해지는 지름길이다. 나폴레옹, 마오쩌둥, 윈스턴 처칠, 헬렌 켈러도 두 번째 인생을 살았기에 위대해졌다. 안 보이고 안 들리는 헬렌 켈러에게 희망을 주고, 새로운 인생을 가져다준 것은 독서였다. 독서는 그들에게 시련을 이겨낼 힘을 주고, 세상을 바꿀 수 있는 능력을 주었다. 책을 통한 간접경험은 두려움을 떨치고 멋진 인생을 살 수 있게 만들어준다. 독서는 전능한 신도 줄 수 없는 기회를 주는 유일한 수단이다. 루머 고든의 "독서를 배우면 다시 태어나게 된다"는 말이 증명된 셈이다.

삶은 반복할수록 익숙해지고 잘 살 수 있다. 문제를 한 번 풀어본 사람과 처음 푸는 사람 사이에는 큰 차이가 있다. 단련될수록 강한 힘이 생긴다. 책은 독자를 각양각색의 문제에 노출시킴으로써 대응 능력을 키우고 대처할 수 있도록 훈련시킨다. 다양한 책을 읽을수록 마음이 연마되고 정신력이 강해지는 이유다.

변화는 곧 기회다. 멋진 삶을 살고 위대해질 수 있는 기회를 얻는다. 독서는 자신을 변화시키고 세상을 바꿀 수 있는 기회를 주고 한 번뿐인 인생에서 두 번째 인생 기회를 갖게 한다. 독서는 두 번째 인생의 출발점이다. 나이는 상관없다. "늦게 피는 꽃은 있어도 피지 않는 꽃은 없다"란 말처럼 독서에 늦은 나이란 결코 없다. 일찍 피는 꽃은 일찍 지고, 늦게 피는 꽃은 늦게까지 피는 법이다.

물이 끓으면 수증기가 되는 것처럼 일정한 독서량에 도달하면 자신의 변화를 알아차릴 수 있다. 생각의 방법이 달라지고 사물을 보는 시각이 달라진다. 아직 그런 경험을 하지 못했다면 변화를 일으킬 만한 임계점에 도달하지 못했기 때문이다. 99도에서 멈춘 상태다. 1도만 더 끌어올리면 삶은 근본적인 변화를 맞는다.

두 번째 인생은 즐겁다. 자신의 이상을 실현해가기에 행복하고 평온하다. 독서습관이 몸에 밸 때까지 노력하고 인내해서 모두 두 번째 인생을 살기 바란다.

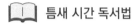

포스트잇을
적극 활용하라

독서가 중요하다는 것을 모르는 사람은 없다. 그렇다면 그걸 알면서도 왜 책을 읽지 않는 것일까? 시간이 없어서 책을 읽지 못한다는 이유가 대부분이다. 독서가 우선순위에서 항상 밀리기 때문이다. 독서가 얼마나 큰 힘을 갖고 있는지를 알지 못하는 것이 나는 너무나 안타깝다. 시간 관리 전문가들이 공통적으로 말하는 의견이 있다. 바로 대부분의 사람들이 성공하지 못하는 이유는 일의 우선순위와 경중을 구별하는 데 서투르다는 것이다. 급박한 일을 처리하느라 중요한 일을 하지 못하고, 끊임없이 다람쥐 쳇바퀴처럼 악순환이 된다고 말한다. 이 책을 읽은 후부터는, 덜 중요해 보이지만 자신의 인생을 변화시키는 독서에 꼭 시간을 내기를 진심으로 바란다.

참으로 다행인 것은, 여러분의 귀한 시간을 빼앗지 않고 틈새 시간을 이용할 수 있는 독서 방법이 있다는 것이다. 소위 틈새 시간 독서법이다. 독서 시간이 도무지나지 않는다는 사람에게도 하루는 24시간이다. 자고 먹고 일하고 약속된 미팅을 하고 나면 책을 읽을 시간은 없다. 하지만 아침에 10분 먼저 일어나면 10분의 틈새 시간이 생긴다. 출퇴근 시간에 짧게는 1시간, 길게는 3시간의 틈새 시간을 만들 수 있다. 점심 먹고 일을 시작하기까지도 약간의 시간이 있고, 만남 전과 후에도 여유 시간이 조금은 있다. 물론 퇴근하고 잠을 자기 전까지 적지 않은 여유 시간이 난다. 이럴 때 필요한 읽기 방법이 포스트잇 틈새 시간 독서법이다.

틈새 시간 독서법은 오랜 시간 집중하는 것이 아니라, 5분에서 20분 정도씩 책을 읽는 것을 자주 반복하는 독서법이다. 따라서 시작과 끝의 행동이 일관성이 있어야 하고 간결해야 한다. 다섯 줄을 읽다가 책을 덮을 수도 있고 한 장을 읽다가 급히 다른 볼일을 볼 수도 있다. 그래서 책을 펴면 읽던 곳이 바로 연결될 수 있도록 포스트잇을 붙여놓자. 이렇게 포스트잇으로 틈새 시간을 이용하면 하루에 30분에서 1시간은 충분히 책을 읽을 수 있다. 집중력도 높아지고, 마치 몰래 훔쳐 먹는 것처럼 더욱 즐겁게 책을 읽을 수 있다.

기회를 기다리는 것은 바보짓이다. 독서의 시간이라는 것은 지금 이 시간이지 결코 이제부터가 아니다. 오늘 읽을 수 있는 책을 내일로 넘기지 말라.
- H. 잭슨

"반박하거나 오류를 찾기 위해 책을 읽지 말고,
이야기와 담화를 찾아내려고 읽지 말며,
숙고하고 고려하기 위해 읽어라."
책을 읽고 이해하는 진정한 독서력은 사고력에서 나온다.

읽어야만
얻을 수 있는 것

내 상상력이
내 현실을 만들어냈다

애니메이션은 꿈과 사랑, 희망의 메시지를 전달하는 매체다. 세계적으로 사랑받은 미키마우스, 백설공주, 피노키오를 제작한 월트 디즈니사는 독보적인 영향력을 가지고 있다. 요즈음 출시되는 인크레더블이나 인사이드 아웃 같은 작품들은 어린이 전용이라는 고정관념을 깨고 소재나 배경을 달리해 관객층을 확대하고 심오한 주제를 표현해 애니메이션의 격을 높였다. 애니메이션의 힘은 우리의 무의식과 잠재능력을 깨우는 상상력에 있다. 서양이나 동양 가릴 것 없이 관객을 환상의 세계로 인도해준다.

월드 디즈니사의 창업주는 월트 디즈니다. 역경 속에서도 상상의 힘을 빌려 희망을 엮어나간 인물이다. 그는 사업 초기부터 "내 상상력이 내 현실을 만들어냈다. 꿈을 꿀 수 있다면 그것을 실현할 수도 있다"고 말했다. 미키마우스를 시작으로 수많은 영화를 히트시

켰고, 최고의 영화사로 만들겠다는 꿈을 현실화시켰다. 1955년 당시로선 누구도 상상할 수 없었던 테마파크 '디즈니랜드'를 건설하면서 영화를 통해 꿈꾸고 상상했던 것을 현실로 재현했다. 그의 상상은 곧 현실이 되었다. 꿈의 크기만큼, 상상할 수 있는 만큼 성장할 수 있음을 온몸으로 보여준 사람이다. 상상력이 곧 힘이 되고 희망이 되는 세상이다.

> 보물섬을 약탈한 해적선보다 더 많은 보물이 책 안에 있다.

월트 디즈니가 밝힌 상상력의 근원지는 바로 책이다. 또한 금세기 최고의 영화감독 스티븐 스필버그도 "내가 영화를 만드는 밑바탕인 상상력과 창의력은 독서에서 나온다"라고 말하며 책의 힘을 강조했다.

책을 읽는다는 건 자신의 경험을 기반으로 작가가 설정해놓은 상상의 세계로 빠져드는 것이다. 작가가 펼쳐놓은 흥미진진한 상황에 독자의 생각이 더해지면 개성 있고 독특하며 탁월한 아이디어가 분출된다. 구체적인 형상으로 만들어지는 과정을 거치면 상상력이 발현된다. 단어와 단어 사이, 문장과 문장 사이 간극이나 행간을 이해하지 못하면 작품에 대한 분석력 또한 떨어질 수밖에 없는데, 이 틈을 메워주는 것 또한 상상력이다. 상상력이 있어야 책을 잘 읽을 수 있고, 자신의 삶에 응용해서 문제해결 능력을 높일 수 있다. 책을 읽을 때 생각만으로 읽어서는 안 되고 상상력을 동원해야 가치 있는 책 읽기가 된다.

아는 만큼 생각할 수 있고 읽은 만큼 상상할 수 있다. 상상력이란 발현될수록 커진다. 책을 읽고 경험을 많이 하면 자연스럽게 길러진다. 하지만 직접 경험을 하기엔 시간과 비용, 희생이 따르기에 한계가 있다. 책은 이런 문제들을 해결해주는 해결책이자 수단이다. 하루에도 몇 번씩 위대한 사람을 만나고 그들의 삶을 체험할 수 있다면 겪어보지 않고 미루어 짐작하는 힘인 상상력은 책을 읽는 동안 끊임없이 활성화된다. 상상력을 동원하지 않고는 책을 제대로 읽을 수 없다. 상상력이 아이디어를 생성하는 과정이므로 책을 읽는다는 것은 아이디어를 창출하는 생산적인 과정이다.

상상 속에는 합리성과 논리성이 들어 있다. 탁월한 논리성과 읽고 경험했던 자신의 합리성이 결합하여 상상력이 된다. 의미 없는 공상이나 망상과는 구별되는 요인이다. 책을 읽고 만든 상상력은 창조력으로 가는 지름길에 있다. 상상하지 않으면 창조는 없다.

상상력이란 자신의 부족한 틈을 채워주는 영양분이자 삶을 완전하게 만들어가는 데 필요한 힘이다. 생각을 구체화시켜 꿈을 실현하는 상상력이 부족하면, 인생의 수많은 난간을 헤쳐 나갈 힘이 부족할 수 있고 어려움과 고통에 순응하는 삶을 살 수도 있다. 상상력은 내면에 깊이 가라앉아 있는 무의식을 일깨우고 잠재능력을 끌어올려준다. 불행히도 자신의 능력을 제대로 아는 사람은 많지가 않다. 천재가 자신의 능력 가운데 1%밖에 사용 못 한다는 것과 빙산의 전체 크기 중 보이는 부분은 2%밖에 안 된다는 비유도 인간의 잠재능력이 얼마나 큰지를 말해준다. 자기 자신도 크기를 가늠할 수 없는 잠재능력을 끌어올리는 도구는 상상력이고 책 읽기다.

앙투안 드 생텍쥐페리는 『어린왕자』에서 "오직 마음으로 보아야 잘 보이는 거야. 정말 중요한 것은 눈에는 보이지 않는단다"라고 말했다. 우리 눈에 보이는 세상은 단지 현상이고 껍질이다. 진정한 아름다움의 본질을 볼 수 있는 힘이 상상력이고 문제해결 능력을 키워주는 것도 상상력이다. 우리는 성인이 되면서 상상력도 잃고 꿈도 잃어버린 어리석은 삶을 살고 있는 것은 아닌지 뒤돌아봐야 한다.

빅데이터 정보를 활용하는 4차 산업혁명 시대다. 세상의 수많은 정보와 지식을 통합하여 생활에 혁명을 일으키고 있다. 하지만 엄청난 속도의 슈퍼컴퓨터와 방대한 정보를 이용하는 인공지능 로봇이 할 수 없는 것이 바로 상상이다. 인간이 상상력을 키우지 않고서는 내일을 대비할 수 없다. 인공지능과 로봇은 존재하지 않는 정보를 상상해 만들어낼 수 없기 때문이다. 상상의 영역은 인간에게만 주어진 선물이다. 주어진 지식과 정보에 의한 계산과 정답만 맞추는 퍼즐형 사고로서는 도저히 기계를 이길 수 없다. 우리가 그런 세상에 살고 있음을 깨달아야 한다.

사람은 자신이 상상하는 대로 된다, 라는 제임스 알렌의 말처럼 상상은 특권이자 미래를 살아가는 힘이다. 전쟁의 신 나폴레옹은 전쟁, 그것은 상상하는 것이다, 라고 말하며 실제 전투에 임하기 전에 상상으로 승리를 만들어 보였다. 상상력은 곧 자신의 능력이 된다. 무엇보다도 중요한 상상력을 기르는 방법은 책밖에 없다며 조앤 K 롤링은 "책을 많이 읽으세요. 그리고 항상 글을 쓰세요"라고 강조했다.

책은 상상의 재료가 되기도 하고, 상상력을 키워주는 어머니기도 하다. 상상력은 생각을 만들어내는 힘이다. 가능성을 창조하는 행위이며 눈에 보이지 않는 본질을 이해하고 미래를 대비할 수 있는 힘이다. 발상을 전환하도록 유인하는 좋은 책을 많이 읽자. 상상력은 자신을 보다 높은 곳에서 살아갈 수 있게 만드는 힘이다. 멋진 인생을 살다 간 상상력의 대가 오나시스의 말이다.

마치 물 위의 기름처럼 세상 사람들의 생각 위에 항상 떠 있어야 합니다.

책에서 얻는 상상력은 희망의 또 다른 이름이다.

생각하는 대로 살지 않으면
사는 대로 생각하게 된다.

02

근대 철학의 창시자 르네 데카르트는 생각을 인간의 본질로 여기고 이성의 힘을 중시한 철학자다. 그는 몸이 허약해서 늦게 일어나는 습관이 있었다. 어느 날 여느 때와 같이 잠에서 깬 데카르트는 생각에 빠져들었다. 그런데 파리 한 마리가 천장에서 자리를 옮겨가며 그의 생각을 흩뜨려 놓는 것이었다. 파리의 움직임을 쫓던 그는 '파리의 이동 위치를 나타낼 수 있는 방법이 없을까?'라는 생각을 했다. 그러고는 천장에다 만나는 두 선을 그리고 각각 가로축과 세로축이라 한 후 각 축에서 떨어진 만큼 숫자를 표시하여 파리의 위치를 정확히 표시했다. 이게 바로 평면좌표이다. 고정된 위치뿐만 아니라 이동경로를 평면상에 나타낼 수 있어 오늘날에도 유용하게 사용되고 있다. 어떤 국가나 마을도 위도, 경도로 구분하고 태평양 어느 지점도 정확하게 위치를 표시할 수 있게 되었다.

사물을 헤아리고 판단하는 것을 '생각'이라고 한다. 생각의 힘인 사고력을 제대로 사용할 수 있는 사람은 현상이 아닌 본질을 이해할 수 있으며, 생각을 통한 깨우침으로 참된 지식을 얻을 수 있다. 르네 데카르트의 위대한 명언 "나는 생각한다. 고로 나는 존재한다"는 말은 생각의 힘을 다시 새겨준다. 모든 것에 대해 질문하고 의심하는 데카르트는 자신의 존재조차 의심하는 인물이었다. 피상적으로 보이는 모습 외엔 자신의 존재를 증명할 방법이 없었기 때문이다. 결국 자신의 존재를 의심하는 생각 자체가 자신의 존재를 입증하는 것임을 깨닫고 '생각'한다는 것이 살아있는 존재라는 명제를 입증했다.

생각하지 않는 인간은 세상을 보이는 것만 보며 자신의 내면조차도 제대로 인지하지 못한다. 생각하는 사고를 거치지 않은 정보나 지식은 체화되지 못하고 손 안에 잡은 모래처럼 빠져나간다. 세상에 대한 올바른 인식이 없다면 자신은 존재하지 않는다. 껍데기만 있고 본질이 없으므로 존재의 의미도 없다. 사고력은 자신을 존재하게 하는 능력이며 타인과 세상을 바로 보고 참된 지식을 얻을 수 있는 힘이다.

한 권의 책을 읽는다는 것은 각 장마다 생각하는 과정을 거친다는 것이고 수만 번 생각하고 책장을 덮어야 한다는 것이다. 사고력은 책이 아니면 제대로 키울 수 없다. 책을 읽는 사람과 안 읽는 사람의 사고력 차이는 엄청나다. 사고력은 사물, 사람, 상황에 대해 논리적인 추리로 이치를 깨닫게 하는 힘이다. 사고력은 독서를 가능하게 하는 힘이다. 책을 읽을 때 만나는 단어, 문장, 생각, 상황 등은 '사고력'을 거쳐 새롭게 태어난다. 단어나 책 속에 깃든 사물의 이치를 깨달은 지식은 내면에 스며들어 참된 지식으로 축적된다.

사고력이란 이렇게 내면에 들어온 정보를 모아 자신에게 맞도록 재창조를 하는 것이다. 단어의 의미를 새롭게 탄생시키고 지식을 변형하여 자신의 논리에 맞춰 재단하고 가공하는 과정이 일어난다. 몸에 맞지 않은 옷을 입으면 남의 옷을 입은 것처럼 불편하기 그지없는 것처럼 사고력이 없으면 책을 읽어도 이해가 되지 않고 내 것이 되지 않는다.

사고력은 사람을 이해하고 세상을 똑바로 읽게 하는 힘이다. 사고력 향상을 위한 책들이 있지만 본질을 가르쳐주는 책을 찾기란 어렵다. 본질이 아닌 현상에 주목하다 보니 사고력 향상을 위한 방법도 제각각이다. 사고력은 평온함을 주는 명상이 아니며, 무조건 생각한다고 길러지는 것도 아니다. 어디에서 배울 수 있는 능력도 아니다. 물가로 데려갈 수는 있지만 직접 물을 마셔야만 갈증이 해소되는 것처럼 나 스스로 한 걸음씩 옮겨가는 과정에서 길러진다. 책을 읽는 과정에서 생각하는 힘을 조금씩 키우는 방법은 느린 것 같지만 가장 빨리 사고력을 키우는 방법이다. 책을 읽은 후 책 전체에 흐르는 핵심 내용과 삶에 적용할 수 있는 방법을 찾는 사색을 병행한다면 책에서 얻을 수 있는 최고의 엑기스를 자신의 것으로 만들 수 있다.

자동차를 사치품에서 필수품으로 만들고 포드자동차를 세계 최고의 기업으로 키운 헨리포드는 "생각하는 것이 세상에서 가장 힘든 일이다. 아마도 진정으로 생각하려는 사람이 많지 않은 것도 바로 이런 이유에서일 것이다"라며 생각의 어려움을 토로했다. 헨리포드가 자동차를 대중화하고 대량 생산할 수 있었던 힘도 사고력에서 나왔다. 당시 자동차 생산은 일일이 사람의 힘으로 조립해 완성하는 수공업 형태의 방식이었다. 어느 날 그는 도살장에서 사용되고 있는 컨베이어 시스템을 보고 자동차 조립라인에 응용할 방법이 없을까를 생각했다. 결국 그는 좀 더 효율적인 생산시스템을 생각한 덕분에 남들보다 싸고 좋은 차를 생산할 수 있었다.

　또한 사고력은 참된 지식을 얻는 힘이다. 깊은 통찰력으로 인생의 본질을 추구했던 작가인 레프 톨스토이는 이렇게 말했다.

　　기억에 의해서가 아니라 사색에 의해서 얻어진 것만이
　　참된 지식이다.

　이치를 따지는 깊은 생각을 하지 않으면 온전한 지식이 될 수 없다. 남의 정보나 지식이 아닌 자신에게 유용한 참된 지식을 얻기 위해서는 높은 사고력이 필요하다. 사고력이 높을수록 판단의 질은 올라가고 삶의 질도 높아진다. 책을 읽는다는 건 사고력을 높여 옳은 판단을 할 수 있는 능력을 올리는 행위다. 순간순간 부딪히는 상황에서 최고의 사고력을 발휘할 때 행복한 삶을 영위할 수 있다.

반박하거나 오류를 찾기 위해 책을 읽지 말고, 이야기와
담화를 찾아내려고 읽지 말며, 숙고하고 고려하기 위해
읽어라.

프랜시스 베이컨의 말은 독서의 올바른 방향을 말한 것이다. 책을 읽고 이해하는 진정한 독서력은 사고력에서 나온다. 독서력이 높은 사람은 사고력이 높은 사람이며, 생각의 크기와 깊이가 커진 사람이다. 사고력은 생각의 변화를 일으켜 자신을 바꾸고 세상을 바꾸는 능력이 있다. 사고력이 높을수록 좋은 책을 읽게 되고 삶의 본질과 세상의 이치를 깨달음으로 성공에 한 발짝 다가서는 힘이 된다.

책에는 사고, 사색, 사유 등 온갖 종류의 생각들로 가득 차 있다. 작가는 생각의 힘으로 글을 쓴다. 한 글자 한 글자마다 자신의 생각이 녹아 들어가 있다. 책을 읽고 사고의 힘으로 이치를 깨달아서 자신에게 맞게 변형시켜보자. 생각의 힘으로 읽어야 책을 제대로 읽는 것이다. 생각하는 대로 살지 않으면 사는 대로 생각한다는 스콧 니어링의 말이 가슴에 깊게 파고든다.

익숙한 것들과
결별하라

새로운 것을 창조하고 새로운 생각을 하는 창의력은 현대인의 필수요소가 됐다. 개인과 기업뿐만 아니라 사회에서도 창의적 인재를 소중히 여기기 때문에 창의력은 꿈을 이루는 발판이 되기도 한다. 창의력이 있으면 뛰어난 사람으로 인정받고 자신의 삶을 원하는 모습대로 만들어 갈 수 있다.

창의력은 쉽게 표현하면 '다른 시각으로 바라보는 것'이라고 말할 수 있다. 새로운 생각을 만들어내는 힘이다. 세상에 없는 것을 창조해내는 것이 아니라 새로운 의미를 만들거나 본질은 그대로 두고 모양만 바꾸는 것도 창의력의 산물이다. 중요한 본질은 그대로 유지한 채 형상만 변화시키는 게 창의력의 핵심이다. 다시 말해 본질을 제대로 알지 못하면 근본 없는 공상이 되고 만다. 단어와 단어의 본질을 정확히 이해할 때 새로운 의미나 생각을 만들어낼 수 있다.

생각과 생각, 지식과 지식의 본질을 알아야 창의적인 생각이 돌출되는 것이다.

셰이크 모하메드 국왕은 창의력으로 페르샤만의 작은 포구였던 두바이에서 세계의 기적을 이뤄냈다. 척박한 사막 위에 세계 최고층 빌딩과 수중호텔, 스키장과 지하철 등 '사막의 신기루' 왕국을 건설하여 국민소득 6만불이 넘는 나라를 만들었다. 모하메드는 "이 세상에는 두 가지 유형의 인간이 있다. 남의 뒤를 따라가는 사람과, 창의적 상상력으로 세상을 새롭게 열어가는 리더형의 사람이 있다"라고 말했다.

본질을 알지 못하고서는 창의적인 생각과 창조적인 아이디어가 나올 수 없다. 책을 읽지 않으면 창의력을 얻을 수 없다. 창의력이 하늘에서 떨어지는 재능도 아니고 특별한 사람만 가지는 능력도 아니다. 본질을 알고 새로운 시각으로 보는 것이다. 책을 읽으면 창의력이 길러지는 이유도 여기에 있다. 단어의 본질뿐만 아니라, 사물, 현상, 인간, 삶과 세상에 대한 본질을 알려주는 것이 책의 목적이기 때문이다. 책을 읽고 본질을 제대로 이해하면 어느 형태로든 변화시키는 능력을 갖출 수 있다.

창의적인 생각이란 익숙하지 않는 단어나 태도, 상황에서 나오는 신선한 생각이다. 새로운 곳으로 여행을 하거나 모르는 것을 배우는 공부가 창의력을 기르는 수단이 되기도 한다. 하지만 여행은 시간적 제약과 비용 때문에 한계가 있다. 책 읽기는 일상에서 수시로 접하며 창의력을 키울 수 있다. 책을 읽으면 다른 삶, 남다른 생각,

이색적인 만남이 무수히 이어진다. 낯선 단어와 낯선 생각, 새로운 지식이 들어온다. 책 읽기란 자신의 기존의 지식이나 생각이 새로운 생각이나 상황을 만나 독창적인 사고를 만들어내는 과정이다.

> 과거에 집착하는 사람은 새로운 것을 낯선 것, 불편한 것으로 받아들이고, 결국 '변화'보다 불변, '차이'보다 동일성에 의존하게 된다.

망치철학자 프리드리히 니체는 익숙함에 길들여진 사고방식이나 태도는 창의력을 죽이는 일이며 불변과 획일성에 순종하는 인간이 되고 마는 것이라고 경고했다. 익숙한 것들과의 결별이 창의력의 기본이 되는 것이다. 창의력은 낯선 만남의 연속인 책 속에서 쉽게 얻을 수 있는 능력이다. 새로운 어휘와 사고, 논리 등이 자유로운 상상을 통해 새로운 생각을 만들어낸다.

창의력을 기르는 두 가지 결정적인 요소가 있다. 첫째가 '상상력'이고 둘째가 '자율성'이다. 상상력은 보지 않고도 미루어 짐작할 수 능력이다. 단어와 단어, 상황과 상황, 생각과 생각이 만나서 새로운 생각을 만들기 위해서는 연결 고리가 필요한데 그것이 바로 상상력이다. 상상력을 통한 독서여야 자신을 변화시키고 세상을 바꿀 수 있다.

상상력은 창의력의 바탕인데 자신의 자유의지에 따라 행동하는 자율성이 필요하다. 자율성이란 권력이나 집단의 부당한 압력이나 유혹에서 벗어나 자유의지에 의해 생각하거나 행동하는 것을 말한다. 즉, 자유로운 생각을 할 수 있는 능력이나 권리다. 자율적 생각과 상상력이 합해지면 창의력이 생기는 것이다. 책을 읽는 것은 강요에 의한 것이 아니라 자신의 의지에 따라, 읽고 싶은 책을 읽는 자율의 선택이다. 책을 읽는다는 것은 상상력과 자율성이 동반되어야 가능한 일이므로 책 읽기는 창의적인 시간이라고 말할 수 있다.

책을 읽으면 창의력이 따라오지만 무조건적이지는 않다. 내재된 무의식이나 잠재능력을 상상력이 끌어올려 창출될 수 있는 게 창의력이기 때문이다. 의식과 무의식, 능력과 잠재능력의 통로인 상상력이 막혀서는 안 된다. 창작이나 창조를 아우르는 창의력은 상상력과 불가분의 관계다. 헤르만 헤세의 『독서의 기술』 중에 독일의 젊은 시인 쾨르너가 창작활동에서 겪고 있는 어려움을 호소하자 실러는 다음과 같이 대답한다.

내가 보기에 자네 한탄의 원인은 자네의 오성이 상상력에 가하는 억압 때문인 것 같네. 봇물 터지듯 밀려드는 심상들을 오성이 문간에서부터 너무 날카롭게 검열한다면, 그것은 바람직하지 않고 정신의 창조활동에 불리하게 작용하는 것 같네. 하나의 심상이란, 따로 떼어놓고 볼 때 아주 하찮고 심지어 황당해 보일 수도 있지만 어쩌면 거기에 뒤따라오는 것이 있기에 중요할 수도 있고, 또 어쩌면 별 볼일 없어 보이는 다른 것과 특정 방식으로 연관되면서 매우 의미심장한 부분을 이룰 수도 있다

네. 이 모든 것을 오성은 판단할 수가 없다네. 이 모든 것
들과의 연관을 세밀히 살펴볼 수 있을 때까지 끈질기게
붙들고 늘어지지 않는 한 말이지. 창조적 두뇌라면 오히
려 그 척후병들을 문간에서 철수시키고 그래서 온갖 심
상들이 어중이떠중이처럼 밀려들어와 커다란 덩어리를
이루면, 그때 비로소 오성이 전체를 조망하여 옥석을 가
리는 게 아닐까 싶네.

기존의 지식과 경험이 새로운 생각을 만드는 상상력을 억압해서
는 안 된다. 어제의 지식은 오늘의 지식으로 바꿔야 하고 내일의
생각은 오늘의 생각을 대체해야 창의적인 인간이 될 수 있다.

창의적인 독서방법은 책을 읽으면서 끊임없이 질문하는 것이다.
질문은 생각하게 만들고 더 나아가 상상력을 발휘하게 만든다. 스
무고개처럼 문제의 본질을 찾아가는 과정이 질문이다. 본질을 알아
야 창의력을 갖출 수 있기에 질문은 창의력의 원동력이 된다. 아이
작 뉴턴이 만유인력을 발명한 것도 질문이 있었기에 가능했다. 수
많은 사람이 사과가 떨어지는 것을 보았지만 오직 뉴턴만이 그 이
유를 물었다.

책을 읽을수록 독자는 지식이 축적되고 사물에 대한 본질을 이해
하는 능력이 높아진다. 4차 산업혁명 시대에는 지식도 정보도 경쟁력
이 될 수 없다. 상상력을 통한 창의력이 생존의 가장 큰 무기가 된다.
창의력은 내일의 힘이다. 책은 내일의 힘을 만드는 창의력의 보고다.

통찰력 있는 사람이
세상을 이끈다

알렉산더 대왕은 유럽과 아시아에 이르는 제국을 건설하고, 그리스 문화와 오리엔트 문화를 융합시켜 헬레니즘 문화를 이룩한 인물이다. 그가 왕자였을 때, 아버지인 필립2세에게 어느 말장수가 명마 한 필을 팔러 왔다. 왕이 그 말에 오르려고 하자 말은 사정없이 날뛰었고 마음이 상한 필립왕은 말이 마음에 들지 않는다며 사지 않겠다고 했다. 곁에서 그 모습을 지켜보고 있던 알렉산더는 그 말이 자신의 그림자를 보고 겁에 질려 날뛴다는 것을 알아차렸다. 그래서 말머리를 돌려 말이 제 그림자를 못 보게 했다. 그리고는 가볍게 말 위에 올라탔다. 이후 이름이 '부파켈러스'인 명마는 알렉산더의 애마가 되었고 그가 명성을 떨치는 순간에 늘 함께 했다. 알렉산더는 사물을 꿰뚫어 보는 통찰력을 발휘하여 문제해결 능력을 보여주었고 통찰력은 세계를 제패한 대왕의 반열에 그를 올려놓았다.

자세히 보지 않으면 본질을 알 수 없고 상상력이 부족하면 현상이나 표피로 가려진 사물의 본질을 알 수 없다. 숲의 형태를 앎과 동시에 숲을 구성하고 있는 나무 하나하나의 특성을 인식할 수 있어야 한다. 나무 하나하나를 볼 수 있는 관찰력과 숲 속에 살고 있는 다양한 생명체들을 짐작할 수 있는 상상력이 필요하다. 그만큼 관찰하고 상상하면 통찰력이 생긴다. 숲과 나무를 이해하고 본질을 파악하는 능력은 독서가 아니면 얻기 어렵다.

본질을 찾아가는 과정이 독서다. 책은 본질을 찾을 수 있도록 질문을 던져주고 생각하게 만든다. 책 읽기가 어렵다고 느끼는 것도 이 때문이다. 관찰하고 상상해서 사물을 꿰뚫어 봐야 문제해결에 적확한 판단이 가능하다. 예리한 관찰력은 사물의 본질을 꿰뚫어 보고 올바른 판단을 내릴 수 있는 조건이 된다. 바른 선택을 할 수 있게 돕고 문제를 합리적으로 해결할 단서를 제공한다. 인생을 잘 살아가는 방법이고 자신이 추구하는 행복으로 인도하는 수단이며 행복한 삶을 사는 원동력이 된다.

책 읽기로 통찰력을 기를 수 있는 이유는 사물의 본질, 인간의 본성, 삶의 본질 등을 깨달을 수 있기 때문이다. 책을 통한 성공방정식의 본질, 인간관계의 본질, 직장생활의 원리 등도 알게 된다. 본질이나 원리를 알지 못하면 통찰력은 어렵다. 자신이 경험한 만큼만 알 수 있을 뿐이다. 책을 읽는 사람은 간접 경험을 통해 길러진 내공으로 어느 분야의 문제도 해결할 수 있는 통찰력을 가질 수 있다. 책을 통해 통찰력을 키운 사람은 어느 한 분야에서만 성공하는 것이 아니라 다방면에서 성공할 가능성이 높다. 세계적 명품 버버리사의 시작은 영국의 방직기술 발달 때문이었다. 기계로 옷감을 직조하는 것을 보고 옷감 수요가 늘어날 것에 대비해 양 목장을 만들었고 차원 높은 옷감을 생산해 시대를 초월한 디자인으로 인정받게 된 것이다. 이렇듯 통찰력은 사물과 세상, 자신과 타인의 본질을 꿰뚫어 봄으로써 어떤 일을 하든지 올바른 판단을 할 수 있는 능력이 되고, 최고의 자리에 설 수 있게 만들어준다.

통찰력을 배가시켜 더욱 가치 있고 행복하게 살 수 있는 방법이 있다. 사물과 타인, 세상을 향한 통찰력은 외부를 향한 반쪽의 통찰력이다. 올바른 판단을 하더라도 자신에게 도움이 되는 방향으로 문제해결을 하지 않으면 의미가 없다. 자신을 제대로 알지 못하면 통찰력은 반감될 뿐 아니라 자신의 무의식 내지 잠재능력을 끌어올릴 수 없다. 자신이 하루 동안 경험하고 깨달은 지식은 그냥 사라지는 것이 아니라 쌓여간다. 읽은 책이 며칠만 지나면 내용이 기억나지 않는다고 억울해할 필요는 없다. 보이지 않는 물밑의 거대한 빙산이 수면 위 2% 빙산을 떠받치고 있듯이, 읽은 책의 내용은 머리와 가슴뿐만 아니라 뼈와 세포에 각인되어 있다가 필요에 따라 부각된다.

하지만 잠재능력은 자신을 향한 정확한 통찰력이 있어야 끌어올릴 수 있다. 자신이 처한 상황과 문제의 본질을 바르게 판단할 수 있는 자기통찰이 필요하다. 자기 통찰과 사물, 타인과 세상을 향한 통찰력이 결합될 때 진정한 의미의 통찰력이 발현된다.

사람들이 책을 읽는 이유는 다양하다. 즐거움을 위한 것일 수도, 지식을 얻기 위한 것일 수도, 지혜를 얻어 잘 살기 위함일 수도 있다. 궁극적으론 행복한 삶을 위한 것이지만 현실 속에서는 부딪히는 문제를 해결해야 하는 과제가 있다. 인생은 선택의 연속일 뿐만 아니라 크고 작은 문제들이 일생 동안 끊임없이 이어진다. 이러한 선택은 자신의 삶의 방향을 결정한다. 문제를 해결하는 능력에 따라 자신의 위치가 바뀌고 그것은 행복과 불행으로 이어진다. 선택과 문제해결 능력이 삶의 방향과 행복을 결정짓는 중요한 요소라면, 자신의 삶을 위해 좋은 결정을 할 수 있는 능력을 길러야 한다.

통찰력 있는 사람이 세상을 이끈다. 미래학자로 유명한 제레미 리프킨의 『소유의 종말』이란 책에서 보면 "세상은 0.1%의 창의적 인간과 0.9%의 통찰적 인간 그리고 99%의 잉여인간으로 구성된다"는 말이 있다. 0.1%의 창의적인 인간이 세상을 창조해 나가고 통찰력 있는 0.9%가 주도하는 세상에서 99%의 잉여인간은 변화에 적응하고 순응하는 수동적인 인간이라는 것이다. 독서는 창의력과 통찰력이 향상되어 세상의 1%에 들도록 이끌어준다. 책을 읽는다는 것은 위대함을 읽는 것이고 자신이 위대함으로 가는 길이다.

애플의 성공 배경에는
인문학적 기반이 있었다

과학기술의 발달에 따라 세상은 급속도로 변하고 있다. 과거 100년 동안에 걸쳐 진일보했던 것들이 현재는 1, 2년 만에 이뤄질 정도로 급성장하고 있다. 200년 전 1차 산업혁명은 증기기관의 힘으로 인간의 노동을 기계가 대신하면서 수천 년 동안 인류를 바꿔온 것보다도 혁신적으로 세상을 변화시켰다. 2차 산업혁명은 100여 년 전에 시작되어 석유를 주 에너지원으로 대량생산과 전기, 자동차, 기계 산업이 발달했다. 덕분에 인류는 풍족한 생활을 할 수 있었다. 컴퓨터와 인터넷을 중심으로 세상을 바꾼 3차 산업혁명의 중심은 정보화, 네트워크, 디지털 혁명이다. 그런데 3차 산업혁명에 익숙해지는가 싶었는데 불쑥 4차 산업혁명이 코앞에 다가왔다.

혁명이란 단어의 뜻은 이전의 관습이나 제도, 방식 따위를 단번에 깨뜨리고 질적으로 새로운 것을 급격하게 세우는 일을 의미한다. 기존의 질서와 상식, 태도, 고정관념을 뒤집어엎는 것이다. 개혁이나 혁신은 개선하고 점진적으로 바꾸어 나가는 것이지만 혁명은 한순간에 변환된다. 삶이 바뀌고 세상의 이치가 전환되는 중대한 일이다. 곧 위기이다. 위기란 한자가 위험과 기회를 함께 뜻하는 것처럼 혁명은 자신의 의지와 준비에 따라 최고의 기회가 될 수 있다.

4차 산업혁명의 핵심은 인공지능, 사물 인터넷, 빅데이터 등 첨단 정보통신 기술이 초지능, 초연결로 진행되어 혁명적인 변화를 일으킨다는 것이다. 인간의 지능을 능가하는 로봇이 탄생하고 빅데이터 간의 지식이 통합되고 기술이 융합되는 세상이 된다고 예측한다. 이는 기계화와 대량생산의 이점인 분업화와 전문화가 더 이상 경쟁력이 될 수 없다는 의미다. 하루 8시간 노동이 아닌 24시간 일하는 인공지능 로봇이 인간의 일자리를 대신한다. 전문적인 분야도 인공지능의 힘으로 대체된다.

미래학자나 고용 전문가들은 20년 내에 현재 일자리의 47% 정도가 사라진다고 예견하고 있다. 새로운 일자리가 창출되겠지만 모두에게 위기상황이 도래할 수 있으므로 4차 산업혁명의 본질을 알고 능동적으로 대처할 수 있는 능력이 필요해졌다. 인공지능이 할 수 없고 빅데이터가 해결할 수 없는 분야, 인간만이 할 수 있는 영역에서 두각을 나타내야 한다. 그것은 통섭이며, 통섭력을 키우는 것이 미래를 준비하는 길이다.

통섭의 의미는 서로 다른 것을 한데 묶어 새로운 것을 잡는다는 뜻이다. 예를 들어 인문학과 자연과학을 통합해 새로운 것을 창출하는 것이다. 이질적인 것들을 통합하고 융합시켜 새로운 것을 창조하는 과정이다. 한 쪽의 전기 흐름만 있으면 전류가 아무리 강해도 반응이 없지만 상극에서 전기가 흐르면 강한 에너지를 일으킨다. 대기 중의 번개가 발생하는 원리가 그것이다. 양극의 구름과 음극의 구름이 만날 때의 마찰이 번개다.

이처럼 통섭의 힘은 간격이 멀거나 성질이 반대 극에 있을수록 강력해진다. 인문학과 자연과학에만 해당되는 것이 아니다. 상황이나 생각 속에서도 통섭은 일어난다. 스티브 잡스는 통섭력을 극대화시켜 애플을 세계 최고의 기업으로 만들었다. 스티브 잡스는 기술 집약적인 회사를 설립했지만 그의 내면에는 인문학적 소양이 깊었다. 예술이나 명상, 인문학에 많은 관심이 있었으며 심지어 깨달음을 얻기 위해 인도로 순례 여행을 떠나기도 했다. 그의 인문학적 창의성과 감성이 첨단 과학의 결정체인 휴대폰에 녹아들어 탄생한 것이 아이폰이다. 세계인이 아이폰에 열광하는 이유는 최고의 기술이라기보다 인간의 마음을 터치하는 감성적인 제품이라는 데 있다. 삼성과 LG의 뛰어난 기술력과 제조 능력도 사람의 마음을 홀리는 데는 아이폰을 이길 수 없었다. 스티브 잡스와 애플은 기술에 대한 투자보다는 인문학과 기술을 융합하는 방법으로 혁명을 일으켰다. 통섭의 힘이자 4차 산업혁명을 준비하는 사람들이 갖춰야 할 필수 능력이다.

애플의 성공 배경에는 기술뿐 아니라 인문학적 기반이
함께 어우러져 있었기 때문이다.

스티브 잡스의 말대로 통섭은 보이지 않는 위력을 갖고 있다. 3
차 산업혁명으로 세계는 지구촌이 되었고 대량생산과 기술력만으
론 생존하기 어려운 시대가 되었다. 빠른 정보의 습득이나 박학다
식한 지식만으론 경쟁력을 담보할 수 없다. 단순노동이나 사무직은
인공지능 로봇이 대체해야 할 첫 번째 일자리다. 이제는 슈퍼컴퓨
터가 할 수 없는 통섭력을 갖춰야 한다.

통섭을 말할 때 학자들은 인문학과 자연과학의 통합 내지 융합
만을 강조하고 수단이나 방법을 제대로 가르쳐주지 않는다. 통섭의
힘은 상상력과 창의력, 사고력과 통찰력의 합임을 직시해야 한다.
스티브 잡스가 가진 진정한 힘은 바로 이 네 가지 능력이었다. 그는
사람들이 바라는 것을 상상하고, 어떻게 하면 실현시켜줄 수 있을
까 이치를 따지는 사고와 실전에 적용해 실현하는 창의력과 통찰력
으로 미래의 트렌드를 꿰뚫어 소비자의 감성을 움직일 만한 제품을
만들었다. 이런 능력의 합이 통섭력이다. 스티브 잡스를 시대의 아
이콘으로 세운 힘이다.

수천 년의 시간차를 두고 있지만 통섭력도 유행을 탄다. 이천 년
전에도 아르키메데스는 철학과 수학적 지혜로 업적을 이루었고, 15
세기 르네상스 시대에 이탈리아를 대표하는 레오나르도 다 빈치는

예술과 학문을 통섭했다. 천재적 미술가로서 '최후의 만찬', '모나리자'를 그렸으며 과학자, 기술자, 사상가로서 낙하산, 전차, 비행기, 잠수함 등을 발명했고 설계도를 남겼다. 서양뿐만 아니라 조선 시대 다산 정약용은 18년의 유배생활 중에 5백여 권의 책을 썼다. 백성을 잘 다스리는 방법을 알려주려고 목민심서를 쓰고 수원 화성을 설계하고 기중기를 발명하였다.

이처럼 인문학과 과학을 넘나드는 업적들을 남겼는데 그 힘은 바로 독서에서 나왔다. 창의력과 통찰력은 새로운 지식이 기존의 관념과 만나서 나온다. 이것을 가능하게 하는 힘은 상상력과 사고력이다. 세상이 광속도로 변해가고 인공지능 로봇이 모든 것을 대신한다 하더라도 책은 그 어느 것보다 오래 살아남는다.

통섭력은 책에 투자한 의지와 시간, 노력의 결과물이다. 책은 다양한 분야를 손쉽게 접할 수 있고 현실에 빠르게 적용이 가능하다. 또한 작가는 그 분야의 전문가일 뿐 아니라 통섭의 능력을 가지고 있는 사람들이다. 순수한 과학기술 서적이 아니라면 작가의 통섭력은 유익한 글을 쓰는 힘이고 좋은 책을 만들 수 있는 기준이 된다.

시대가 요구하는 통섭력을 기르기 위해서는 책 읽는 습관을 들여야 한다. 습관이 배면 자연스럽게 호기심과 독서력이 생겨 이질적인 분야의 책도 읽게 된다. 그 속에서 상상력·사고력·창의력과 통찰력이 길러지는데 이것들이 융화되어 통섭력이 되는 것이다. 통섭력을 갖춘 인재는 미래를 두려워하지 않는다. 미래는 통섭형 인간이 재창조할 것이다.

읽어야만
얻을 수 있는 게 있다

독서란 인류의 보고인 책에서 수천 년의 경험과 지혜를 배우는 행위이다. 인간의 본성을 인지하고 본질을 인식하며 세상의 이치를 깨닫는 일이다. 철학자 에머슨의 말을 들어보자.

> 진실로 위대한 보고^{寶庫}는 꼼꼼하게 선별된 책에 있는 법이다. 책에는 우리들이 이용할 수 있게끔 수천 년에 걸쳐 인류에 이바지한 지혜로운 사람들이 연구한 결과와 지혜의 산물들이 들어 있기 때문이다. 심지어 막역한 친구에게도 밝히지 않았던 동서고금의 사상들이 책에서는 명징한 언어로 표현되어 있다. 그렇다. 우리는 살아가는 내내 정신과 마음을 단련시키는 뛰어난 작품과 고전에 감사의 마음을 가져야만 한다.

책은 보물을 담고 있다. 하지만 독서력이 있어야 보물을 발견해 내고 얻을 수 있다. 책을 읽는 힘이 독서력이다. 독서력이 있는 사람은 책을 이해하는 능력이 뛰어난 사람이다. 이해하는 능력은 실력이 되어 자신의 꿈을 이루는 데 유용하게 쓸 수 있다. 자신이 가진 재능을 탁월하게 하고 이상을 실현시키는 데 중추적 역할을 한다. 상상력·사고력·창의력·통찰력·통섭력이 막강하게 뒷받침하기 때문이다. 궁극적으로 행복한 삶을 만들어주는 힘이고 동시에 불행해지는 것을 막는 역할도 한다.

독서력은 책을 읽는 힘만을 의미하지는 않는다. 자신을 읽고 타인을 읽고 세상을 읽는 힘이다. 자신을 읽는다는 말은 자아 형성과 성장을 통해 어떤 환경에서도 흔들림 없는 신념을 갖는다는 것을 의미한다. 불행에서도 평온을 유지할 수 있는 힘이 생기는 것이다.

> 이 세상 모든 책들이 그대에게 행복을 가져다주지는 않아, 하지만 가만히 알려주지. 그대 자신 속으로 돌아가는 길. 그대에게 필요한 건 모두 거기에 있지. 해와 달과 별, 그대가 찾던 빛은 그대 자신 속에 깃들어 있으니. 그대가 오랫동안 책 속에 파묻혀 구하던 지혜, 펼치는 곳마다 환히 빛나니 이제는 그대의 것이라.

헤르만 헤세는 자기단련의 지혜가 책 속에 있다고 일러준다. 독서력이 높다는 의미는 타인을 읽는 힘이 크다는 뜻이다. 타인의 개성을 인정하고 그들의 삶을 존중하며 타인의 아픔을 공감하는 이타적인 사람이 된다. 독서력이 높은 사람은 세상을 읽는 힘도 뛰어나 정확한 통찰력으로 올바른 판단을 내릴 수 있다. 간접경험을 통해 체험해 보았기에 시행착오를 줄여 명석한 답을 구한다. 독서력이 단지 책을 읽고 문제해결 능력을 기르는 것이라고만 생각하는 것은 어리석다. 독서력의 본질은 자신을 읽고 타인을 읽고 세상을 읽는 능력이다.

독서란 불행을 막아주는 항생제다. 이익을 위해, 성공하기 위해 또는 행복한 삶을 얻기 위해 책을 읽지 않는다. 현재의 삶의 만족과 감사를 위해 읽는다. 행복은 상대적일 때 불행하기 마련이다. 아무리 부유해도 더 가진 사람이 존재하고 지위가 높다 해도 더 높은 사람이 존재한다. 영원히 누릴 수 없음도 안다. 행복의 조건이 온전히 갖추어지지 않았다 하더라도 책은 우리에게 불행하지 않도록 도와준다.

책을 읽는 만큼 독서력은 올라가고 삶의 문제들을 잘 해결할 수 있다. 책에서 얻은 지식을 독서력으로 다듬고 가공하여 삶의 지혜로 만들어야 한다. 독서력이 높아질수록 수준 높은 책을 읽을 수 있는 즐거움이 있다. 논리적이고 체계적이며 사물을 꿰뚫어 볼 수 있는 통찰력이 심오해진다. 과학적·수학적으로 생각할 수 있는 논리력과 사고력도 얻을 수 있다. 세상과 삶을 꿰뚫어 볼 수 있는 통찰력과 지혜를 가진 작가의 책에서는 탁월한 통찰력과 고매한 혜안을 얻을 수 있다. 독서력은 잘 살아가게 하는 힘이다.

봄꽃은 비, 바람을 견디고 추위를 이겨내는 단련을 거쳐 꽃을 피운다. 책을 읽을 때 이해하기 어렵더라도 끊임없이 생각하고 익숙하지 않은 분야의 책들도 기꺼이 받아들이자. 내면을 강화시켜 자유의지로 살 수 있는 역량을 키우는 길이다. 독서력은 축적된 지식과 경험의 합이다. 꽃망울이 터지듯 몰라보게 성장하는 시간이 온다. 자신이 비약적인 성장을 시작하는 빅뱅의 순간이며 어느 책이든지 소화 가능한 능력이 겸비된다. 읽는 즐거움이 가득하고 정보나 지식을 지혜로 만들어 뼈와 살에 새길 수 있는 에너지가 생긴다. 무슨 일을 해도 인정받고 성과를 낼 수 있는 단계가 된다. 꾸준히 읽고 사색하는 시간을 가져야 한다.

갈대는 꺾이지 않는다. 바람에 흔들리고 강한 태풍에도 흔들릴 뿐이다. 인간이 고민하고 방황하고 좌절하는 것은 약한 것이 아니다. 아픔과 시련에도 평온을 유지하는 힘이 중요하다. 행복이란 어제보다 나은 오늘, 오늘보다 나은 내일을 만들어가는 소망에서 온다. 책이 활력소가 되고 독서력이 생기를 불어넣는 역할을 한다. 책을 읽어야만 얻을 수 있는 귀한 가치이다.

어떤 책을 읽을까 고민할 때

이성 아닌
감성에 충실하라

어느 정도 독서 수준에 도달할 때까지는 다음 책을 고를 때마다 갈등이 생긴다. 베스트셀러를 읽을까 스테디셀러를 읽을까, 재미있는 소설을 읽을까 아니면 감성을 자극하는 에세이를 읽을까 고민하게 된다. 다독이라도 하면 그나마 다행이지만 한 달에 한두 권 읽는 사람에게는 중요한 선택의 순간이 된다. 그때 자신의 내면에서 충돌하는 소리가 들린다. 이성은 꼭 읽어야 할 책을 추천하고 감성은 읽고 싶은 책을 읽으라고 한다. 꼭 읽어야만 할 책도 있고 좋은 책이라고 추천하는 책도 많다. 맞는 말이다. 세상을 잘 살아가기 위해, 자신의 성장과 변화를 위해서 읽어야 하는 책은 있다.

하지만 아직까지 책 읽기에 대한 주관이 없고 독서력도 높지 않다면 감성이 시키는 일에 충실하라고 말하고 싶다. 그것이 자신에게 맞는 책이고 책에 몰입할 수 있게 만들기 때문이다. 사무엘 존슨은 "사람은 읽고 싶은 책을 읽어야 한다. 우리들이 일거리처럼 읽은 책은 대부분이 몸에 새겨지지 않기 때문이다"라고 말했다. 그의 말대로 이성이 읽어야 한다고 하는 책은 몸에 새겨지지도 않고 독서에 대한 취미를 멀리하게 만든다.

어떤 책을 읽을까 고민할 때는 자신의 감정에 충실한 책을 읽는 것이 좋다. 비록 책에서 얻을 수 있는 게 없다고 하더라도, 즐거움을 주고 다음 책을 읽을 힘을 주기 때문이다. 건강에 좋은 음식보다는 먹고 싶은 음식을 먹을 때 정신도 육체도 더 건강해지는 것과 마찬가지다. 책의 선택을 고민하는 것 자체가 아직 독서력이 없다는 것이다. 인문고전이 아무리 위대하다고 할지라도 독서력이 없는 사람에겐 독약이 될 수 있다. 책을 읽고 충분히 즐길 수 있는 단계까지는 감성에 충실한 책이 좋은 책이다. 독서력이 높아지고 책의 선택을 고민하지 않기 위해선 시간이 필요하다. 그때까진 자신의 마음에 귀를 기울여야 한다. 마음을 움직이는 책이 자신에게 독서습관을 만들어준다. 독서습관이 제대로 확립될 때까지는 이성 아닌 감성에 충실한 독서를 하길 바란다.

 좋은 책을 읽는다는 것은 과거의 가장 훌륭한 사람들과 대화하는 것이다.
- 데카르트

"독서만 하고 사고가 없는 사람은
그저 먹기만 하려는 대식가와 같다.
그것은 영양가 높고 맛 좋은 음식도 위액을 통해
소화하지 않고서는 이로움이 없는 것과 같다."
정적인 책 읽기로 얻은 지식은 묻히고 덮이지만
동적인 지식은 온몸에 새겨져 행동이나 지각에서 표현된다.

단단한 나를 위한
생산적 책 읽기

머리로 읽고 가슴에 새기고
온몸으로 실천하기

01

> 입으로만 글을 읽을 뿐 자기 마음으로는 이를 본받지 않
> 고, 또 몸으로 행하지 않는다면 책은 책대로 있고 나는
> 나대로 따로 있을 뿐이니 무슨 유익함이 있겠는가?

조선의 학자이자 정치가 율곡 이이는 『격몽요결』을 썼다. '무지
를 깨우는 중요한 비결'이란 제목으로 조선시대 학습교과서로 쓰였
다. 책에서 배운 바를 행동으로 옮겨 삶에 투영해야 진정한 독서라
고 말한다. 즉, 생산적인 독서를 통해 태도를 바꾸고 삶이 변화되는
유익을 얻으라는 것이다. 눈과 입으로만 읽는 독서가 아닌 온몸으
로 읽고 발로 실천하라는 준엄한 명령이다. 생각하는 머리에서 실
천하는 발로 내려가는 독서일수록 생산적인 독서가 된다.
생산적인 독서는 온몸으로 읽고 실천해서 원하는 바를 얻는 가치

있는 독서방법이다. "책을 읽으면 밥이 나오냐, 돈이 나오냐?"라며 비아냥대는 독서에 대한 적극적인 의지의 표명이다.

> 독서만 하고 사고가 없는 사람은 그저 먹기만 하려는 대
> 식가와 같다. 그것은 영양가 높고 맛 좋은 음식도 위액
> 을 통해 소화하지 않고서는 이로움이 없는 것과 같다.

조슈아 실베스터는 읽은 책의 소화를 돕는 것이 생산적인 책 읽기라고 강조한다. 능동적이고 동적인 행위이다. 정적인 책 읽기로 얻은 지식은 묻히고 덮이지만 동적인 지식은 온몸에 새겨져 행동이나 지각에서 표현된다. 앎이 지속되고 삶의 태도를 변화시키고 자신을 성장시킨다. 생산적인 독서는 책을 잘 이해하게 됨으로써 독서력을 배가시킨다. 삶에 응용할 수 있도록 재정비하는 과정이다. 책이 나침반이 되어 길을 가리키면 그 길을 따라서 목적지에 도달하려는 행동이 필요하다. 행동하는 것은 독자의 몫이며, 행동의 시작이 생산적인 독서다.

'생산적인 독서방법'이라는 표현을 불편하게 생각하는 사람들도 있을 것이다. 그들은 스스로가 책에 대한 확신을 가진 사람들이다. 좋은 독서 습관을 제시하는 것이 그들에게는 필요치 않다. 거창하게 생산적인 독서방법이라 명명했지만 독서로 자신의 삶을 변화시키고 성장시킨 사람들의 몸에 밴 책 읽기 방식이 있기 때문이다. 단지 책을 어떻게 읽어야 할지 몰라 궁금해하는 사람이나, 시간과 노

력을 들여 읽은 책을 현실에 어떻게 유용하게 적용할지 모르는 사람들을 위한 방법이다. 생산적인 독서방법은 책을 읽고 얻을 수 있는 최선의 것을 얻기 위한 것이다.

만약 즐거움을 위한 독서일지라도 자신의 성장과 변화를 위한 힘으로 비축할 줄 알아야 한다. 운명의 신은 변덕스러워 한여름의 소나기처럼 느닷없이 삶을 바꿔놓는다. 생산적인 독서는 급작스런 소나기를 피할 수 있도록 만든 초원의 원두막과 같다. 나아갈 길을 인도하고 고난과 역경을 인생의 장애물이 아닌 한 단계 올라설 수 있는 계단으로 만드는 힘이 있다. 독일의 신비주의자 야코프 뵈메는 이렇게 말했다.

> 길이 어려울수록 그 길을 택하라. 그리고 세상이 버린 것들을 그대가 취하라. 세상이 하는 일을 절대 따라하지 마라. 그대는 모든 일에 있어 세상이 만들어지고 있는 반대 방향으로 걸어가라. 그리하여 그대가 찾는 그 길에 가장 가까이 도달하도록 하라. 그것이 지름길임을 의심치 마라.

책은 쉬운 길로 가는 방법을 가르쳐주지 않는다. 진리를 말없이 가르쳐줄 뿐이다. 진리를 믿고 행동으로 옮기는 것은 독자의 몫이다. 야코프 뵈메의 말은 성공한 사람들이 녹음테이프처럼 되뇌는 말이기도 하다. 이것을 믿고 실행하는 힘이 있어야 하는데 책을 읽지 않는 사람은 한 귀로 듣고 한 귀로 흘릴 뿐이다. 경험도 없고 이끌어주는 사람도 없기 때문이다. 책을 읽는 사람은 다르다. 온몸으로 체험하고 성공한 사람들의 이야기를 통해서 간접경험을 하며 그 과정을 안다. 어려운 길, 남이 가지 않는 길에서 더 많은 가치를 찾는다. 생산적인 독서는 실용적인 독서방법이다. 읽은 후의 기억과 삶의 적용까지 염두에 둔 독서방법이다. 자신을 변화시키려는 의지, 꿈을 실현시키고자 하는 욕구 그리고 무언가를 얻고자 하는 열정이 반영된 표현이다.

　책 읽기의 시작은 기쁨이나 감동, 정신적 치유를 위한 즐거움에 있다. 다음 단계는 책을 통해 무언가 얻고자 하는 욕구가 발생한다. 읽는 도중에 떠오르는 생각들을 메모하고 좋은 글을 오래 기억하고자 노트에 필사하기도 한다. 자신과 타인의 생각을 교환하며 성장하는 독서모임도 하고 책에 대해 서평을 남기기도 한다. 나아가 영감과 동기부여를 준 책과 작가의 삶의 태도와 방법을 모방하려 하기도 한다. 이런 일련의 행동들을 우리는 생산적인 독서라고 한다.
　생산적인 독서가 중요한 이유는 책의 내용을 자기화해 실생활에 반영하는 데 있다. 자신이 원하는 곳으로, 뜻하는 곳으로 인도해주는 힘이 되어준다. 생산적인 독서는 독서력을 높여주고 삶의 질을 높여주는 적극적인 독서다. 정신적인 즐거움만이 아닌 자신의 내면과 외형을 살찌우는 데 도움이 되는 능동적인 독서다.

마침표를 물음표로
바꿔서 읽자

사과나무에서 떨어지는 사과를 보고 아이작 뉴턴은 물음표를 던졌다. 모두가 '사과는 떨어진다.'는 마침표를 찍을 때 그는 '왜 사과가 떨어질까?' 물음표를 찍어 만유인력을 발견했다. 마침표와 물음표의 차이라고 말하기에는 생각의 크기가 비교 불가능하다. 현실적인 언어로 좁혀 보면 '할 수 없어.'와 '할 수 없어?'가 있다. '할 수 없어.'라고 마침표를 찍으면 생각은 정지된다. 반면 '할 수 없어?'라고 물음표를 붙이면 생각의 문이 열리고 가능한 모든 방법을 찾기 위한 두뇌싸움이 시작된다. 인간의 뇌에서는 신경세포의 말단 돌기인 시냅스 간의 끊임없는 상호작용이 이루어지고 있다. 이를 통해 지식을 축적하고 새로운 생각을 만들어낸다. 말단의 시냅스가 얼마나 많은 충돌을 일으켜 반응하느냐에 따라 지식의 습득 결과가 달라진다. 궁금증을 유발하는 '왜?' 같은 물음표가 신경세포를 더욱 자극하는 것이다. 인간의 지적기능인 판단력·인내력·기억력 등을 강화시키는 전두엽의 활동에 자극을 주는 것이다. 마침표의 시냅스는 고요하지만, 물음표의 시냅스는 엄청난 폭발력을 가지고 있다. 마침표는 현재의 의식조차 정지시키지만 물음표는 의식뿐만 아니라 잠재능력까지 끌어올리는 위대한 힘이 있다. 아이작 뉴턴의 만유인력은 마침표를 물음표로 바꾼 작은 것에서부터 시작되었다. 물음이라는 작은 씨앗이 물음표(?)라는 꽃을 피우고 답을 얻는 열매가 된다. 물음은 생각의 씨앗이다. 생각의 씨앗을 심고 열매를 맺는 과정이 물음표의 진정한 의미다.

책은 하나의 물음표다. 책제목의 '물음'에 내용은 '열매'로 열린다. 물음은 대답을 피할 수 없다. 한 권의 책은 저자 자신이 스스로 던진 물음에 스스로 답하는 과정이다. 한 권의 책은 수백 권의 참고문헌과 작가의 생각이 숙성되어 나온 열매의 집합이다. 물음표는 질문을 의미하지만 동시에 답도 가지고 있다. 생각하는 힘, 사고력을 필요로 한다. 이는 마침표가 아닌 물음표로 바꿔야 제대로 얻을 수 있다. 생산적인 독서를 위해 가장 좋은 방법은 끊임없이 물음표를 던지는 것이다. 독서를 잘 한다는 것은 책을 능동적으로 읽겠다는 의지가 있다는 것이다. 의지는 궁금증에서 출발하고 궁금증은 바로 물음이다.

물음표는 호기심과 관심이 있는 적극적인 독서로 이끈다. 물음표 있는 독서는 깨어 있는 능동적인 독서다. 마침표를 물음표로 바꾸어 읽어야 살아 있는 책 읽기가 된다. 마침표만 있는 독서, 생각이 정지된 독서, 수동적인 독서는 점진적인 생각을 멈추게 한다. 생각하지 않는 독서, 질문이 없는 독서는 죽은 독서다. 생각의 날개를 펴지 못한다면 책에서 얻을 수 있는 상상력·창의력·통찰력은 얻을 수 없다. 책을 많이 읽어도 변화나 성장이 없는 이유는 물음표 독서가 아닌 마침표 독서를 하기 때문이다. 책과 작가의 틀에 갇혀, 주는 먹이만 받아먹는 새장 안의 새와 같다. 틀을 부수고 새장 밖으로 나갈 수 있는 힘은 사고력이며, 그 원천은 물음표다.

물음은 대답을 피해가지 못한다. 자신이 묻는 질문은 반드시 답을 얻을 수 있다. 비록 그 책에서 얻지 못한다 하더라도 호기심과 적극적인 독서로 다른 책에서라도 찾게 된다. 물음표는 생산적인 독서의 강력한 수단이다.

물음을 통한 교육으로 세계를 지배하는 민족이 유대인들이다. 그들의 교육방법은 서로 질문을 주고받으면서 배운 것에 대해 토론하는 방식이다. "어떻게 생각하니?", "왜 그렇게 생각하니?"와 같이 끊임없이 질문을 주고받는 방식인데 하브루타 교육법이라고 한다. 호기심을 갖고 질문하며 대답을 찾는 과정에서 상상력과 창의력을 기르는 교육이다. 물음을 통해 자기를 발견하고 사물과 세상의 본질을 알 수 있다. 그 결과 세계 인구의 0.2%밖에 되지 않는 유대인들이 노벨상의 23%를 받았다. 그들은 미국 전체 인구의 2% 정도인 600여만 명의 인구로 정치·경제·사회문화 전반에 걸쳐 막강한 영향력을 행사하고 있다. 업종과 직종의 최상위에서 미국을 움직이는 힘이라고 말할 수 있다.

유대인의 교육방법은 어제, 오늘의 일이 아니다. 2천 년 전 로마 시대까지 거슬러 올라간다. 유일신을 숭상하던 그들에게 로마는 개종과 황제 숭배를 종용했다. 경전이 불타고 정신적 구심체가 없어지는 것을 두려워한 유대인들은 자신들의 문화, 민족 그리고 경전이 다음 세대로 이어지고자 힘썼다. 랍비들은 탈무드와 구약성서를 연구하고 유대인의 문화·역사·경전을 가르쳤다. 묻고 생각하고 답하는 수업을 통해 자신들의 모든 것을 상속하였다. 그들이 2천 년 동안 나라 없이 살면서도, 숱한 고난과 역경 속에서도 정체성을 잃지 않았던 이유는 바로 하브루타교육에 있었다.

셰익스피어의 5대 희극 중 하나인 『베니스의 상인』은 르네상스 시대 유럽에서 가장 번영했던 도시 베니스를 배경으로 하고 있다. 베니스 상인 안토니오는 그의 절친이자 방탕한 생활을 하는 바사니오로부터 돈을 빌려달라는 부탁을 받는다. 안토니오의 악몽은 유대인 고리대금업자인 샤일록에게 돈을 빌리면서부터 시작된다. 평소 안토니오를 눈엣가시로 생각한 샤일록은 잔인한 조건의 계약을 만든다. 만약 약속기일까지 돈을 갚지 못할 때는 1파운드의 살을 베어내겠다는 것이다. 그런데 돈을 못 갚게 된 안토니오에게 법정 판사는 1파운드의 살을 베는 대신 한 방울의 피도 흘려서는 안 된다는 지혜로운 판결을 한다.

유대인은 예나 지금이나 막대한 돈을 쥐고 사회와 국가를 뒤흔

든다. 그들을 바라보는 세계인들의 편견은 아직도 여전한데, 그 밑바탕에는 시기와 질투가 깔려 있다. 히틀러의 유대인 학살도 유대인에 대한 미움에서 시작되었다. 히틀러뿐만 아니라 많은 사람들이 유대인을 경제동물이라고 지칭한다. 하지만 그들의 긴 역사를 들여다보면 나라 잃은 환경이, 타 민족의 소외가 그들을 돈에 의지할 수밖에 없도록 만들었다. 국가에 종속되어 일할 수도 없고 땅도 살 수 없도록 만든 법 때문에 할 수 있는 일이라곤 장사였던 것이다. 유대인들은 어디에 정착하든 디아스포라라는 자신들만의 정착촌을 만들고 아이들을 교육시켰다. 질문을 던지고 답을 구하는 유대인식 하부르타 교육을 시켰다. 이는 생각을 멈추지 않게 하고 자신만의 답을 구하게 만든다. 또한 실험을 통해 그 답의 근거를 제시해 논리력까지 키운다. 이 같은 기질로 유대인들은 경기가 좋든 나쁘든, 지도자가 누구든 간에 최고의 장사꾼들이 될 수 있었다.

물음표는 생각의 씨앗이자 풍성한 열매를 언어 안에 포함하고 있다. 물음표는 생각하는 독서다. 생각한다는 것은 상상하고 사고하며 창의하는 과정이다. 생산적인 독서는 물음표를 가지고 읽는 것이다. 물음표란 끝이 아니라 또 다른 시작이다. 물음표를 던지며 마음을 열고 온몸으로 책을 읽자. 물음표는 자신이 원하는 것을 얻기 위한 꼭 필요한 기술이다. 물음표는 무에서 유를 만들어내는 마법 같은 힘을 가지고 있다. 본질을 알아내는 질문에 풍성한 열매가 열리도록 물음표를 심어야 한다. 사소한 물음표, 작은 물음표란 없다.

물음표는 자신의 편견과 고정관념을 깨고 사고의 확장을 넘어 자신의 삶을 변화시킬 수 있는 힘이다. 마침표 독서는 책과 작가의 노예로 만들 뿐이다. 맹목적으로 읽지 말고 의심과 호기심을 갖고 뇌를 활성화시키는 물음표 독서를 하자.

좋은 예술가는 베끼고
위대한 예술가는 훔친다

책을 읽으면 도전하고 싶은 욕구에 사로잡힌다. '저렇게 살면 참 행복하겠구나!', '이렇게 하면 꼭 좋은 결과를 만들 수 있을 거야!', '나도 그와 같이 될 수 있을지도 몰라!' 등 책은 호기심을 가지고 읽든, 목적을 가지고 읽든 관계없이 우리를 그들의 세상으로 끌어들인다. 어떤 분야든 가리지 않고 책대로 살고 싶은 마음을 품게 한다. 무슨 책을 읽느냐에 따라 하고 싶은 행위도 달라진다. 바라는 것을 얻기 위한 행동의 시발점이 된다. 마음의 상처를 치유하고 힘을 얻는 것도, 자신의 부족함을 채워 능력을 키우는 것도 책이 동기를 부여하기에 가능하다. 고상한 척, 순수한 척, 달관한 척해도 독서의 본질은 자신의 유익이다. 책 읽기가 무언가를 얻기 위한 행동이라면 이왕이면 많은 것을 얻을 수 있는 방법이 필요하다. 바로 책을 벤치마킹하는 것이다. 벤치마킹이란 경쟁 업체의 장점을 면밀히 분석하여 모방하고 새롭게 창조하는 것을 말한다. 모방자와 창조자를 합한 이노베이터의 역할이다. 단순한 복제나 모방이 아니라 새로운 것을 창출해내는 혁신이 들어 있다.

책을 벤치마킹하는 방법도 이와 같다. 책을 벤치마킹할 때 방법이나 기술 또는 인물에만 국한되지 않는다. 삶의 태도, 정신 같은 추상적인 것들도 포함된다. 보이지 않는 것들의 가치 또한 높다. 행복, 올바른 삶, 정직, 불굴의 의지, 신념 등의 개념은 눈에 보이지는 않지만 삶의 가치를 상향조정한다. 궁극적으로 물질적인 것보다는 정신에 그 본질이 있다.

독일의 정치가인 오토 폰 비스마르크는 "어리석은 사람은 자신의 경험에서 배우지만 현명한 사람은 다른 사람의 경험에서 배운다"라고 말했다. 다른 사람의 값진 경험을 토대로 벤치마킹할 수 있는 책은 보물이다.

"모방 속에 창조가 있다. 하늘 아래 새로운 것은 없다." 이 두 문장의 의미를 합하면 모방과 창조는 백지 한 장 차이라는 것이다. 우리는 보통 창조성을 언급할 때 무에서 유를 창조한다는 잘못된 인식을 갖고, 빅뱅으로 우주가 탄생하는 것처럼 창조를 특별하게 여기기도 하지만 창조는 모방 속에서도 나온다.

좋은 예술가는 베끼고 위대한 예술가는 훔친다.

입체파의 창시자라고 꼽는 파블로 피카소의 말은 가히 충격적이다. 이에 더해 세기의 천재 아인슈타인조차 '창의성의 비밀은 그 출처를 숨기는 것'이라고 했다. 스티브 잡스 또한 창의적인 사람은 약간의 죄책감을 갖고 있노라고 고백했으니 세상에 완벽하게 새로운 산물은 없다. 무엇인가 보고 듣고 경험한 것에 자신의 생각이 더해져 창조물이 나오는 것이다.

벤치마킹하는 독서는 생산적일 뿐만 아니라 올바른 책 읽기 방법이다. 책의 유익한 가치가 실천에 있기 때문이다. 삶에 적용하는 책 읽기다. 자신이 원하는 방향이나 닮고자 하는 인물을 벤치마킹하고 나아가 성공한 사람들의 방법이나 태도를 벤치마킹해 보라. 모방은 창조의 어머니라는 말처럼 모방 없인 자신의 것을 만들 수 없다. 이색적인 음식도 기존의 음식을 벤치마킹한 것이고 신형 자동차도 기존 차들의 장·단점을 벤치마킹해서 만든 것이다.

부모는 자녀들에게 위인전을 읽게 한다. 위인들의 삶을 따라하게 하는 것이 인생의 지름길이라는 것을 이해했기 때문 아닐까. 그런데 책 속 위인들 또한 책을 통한 다른 위인들의 삶을 벤치마킹하고 있다. 나아가 자신만의 길을 창조한다. 하지만 벤치마킹하는 대상이나 인물을 100% 모방해도 결과는 다르게 나타난다. 상황이나 살아온 환경이 다르기 때문이다. 자신을 제대로 알아야 맞는 옷을 입을 수 있고 알맞은 벤치마킹을 할 수 있다. 책의 벤치마킹은 자신을 위대한 인물과 같은 격으로 만드는 일이다.

깨달음을 얻었거나 동기부여가 된 책을 벤치마킹하는 것은 훌륭한 일이다. 문제 상황의 답이 있기 때문이다. 책에서 답을 찾을 때는 정답이 하나만 있지는 않다. 개인의 상황에 따라 여러 가지로 나타난다. 책을 읽는 묘미이고 책의 한계이기도 하다. 인생에 정답이 없듯이 책에도 정답은 없다. 정답은 없지만 많은 길로 안내해준다. 어느 길을 선택하든 그건 개인의 몫이다. 걸어가는 노력도, 성취도 누가 대신해줄 수 없다. 에디슨의 모방이 빛을 발한 건 그가 흘린 땀방울과 노력한 시간의 결과물이지 단순한 모방의 산물이 아니다. 책은 밤하늘의 길을 인도해주는 북극성이고 걸어가야 하는 것은 나그네의 몫이다.

20대80

파레토 독서법칙

  이탈리아의 경제학자인 빌프레도 파레토가 주창한 '20대80 법칙'은 모든 결과의 80%가 전체 원인의 20%에서 일어난다는 것이다. 백화점 매출의 80%가 20%의 고객에게서 나오고, 회사에서 얻는 생산량의 80%는 20%의 직원이 생산한다는 것이다. 이 법칙은 선택과 집중이라는 관점에서 본다면 중요한 의미를 담고 있다. 한정된 자원과 인력으로 최대의 이익을 추구하는 기업에서 자본과 인력을 어떻게 투자해야 하는지 알려주기 때문이다. 20%의 우수 고객에게 집중하고 20%의 핵심 직원 관리를 잘해야 한다는 것이다. 이처럼 최소의 비용으로 최대의 효과를 낼 수 있는 모델이 파레토의 법칙이다. 인간의 수명은 유한하고 사용할 수 있는 시간도 제한적이다. 책을 읽는 시간도 제한적일 수밖에 없다. 선택과 집중을 위해 독서방법에 파레토의 20대 80 법칙 적용은 유용하다 할 수 있겠다.

세상은 20%의 책 읽는 사람들이 읽지 않는 80% 사람들을 지배한다. '지배'라는 단어가 불편할 수도 있지만 이 책은 그런 불편을 깨기 위한 망치의 역할로 태어났다. 인간 위에 인간 없고 인간 밑에 인간 없다는 인간의 평등사상에 모두 동의하는가? 이것이 진리일지라도 현실은 그렇지 않다는 데 문제가 있다. 이 책은 이상이나 현상이 아닌 본질을 볼 수 있는 능력을 위한 것이다. 옳고 그름의 판단 문제는 온전히 독자의 몫이다.

파레토의 법칙에서 20%는 중요한 의미를 내포하고 있다. 중요하기에 집중해야 할 본질이다. 20%의 인문학이 그렇고 20%의 독서 시간이 그렇다. 독서하는 20%의 사람이 되어야 하고 그 중에서도 다독하는 20%의 사람이 돼야 한다.

먼저 읽을 책의 목록에서 파레토의 법칙이 필요하다. 100권의 책을 읽는다면 20권의 인문학과 80권의 실용서나 교양서를 보는 것이 좋다. 삶의 본질을 알려주는 문학·철학·역사를 정독이나 숙독으로 읽어야 한다. 시간 투자에 비해 아무 효과도 없는 것처럼 느껴지기도 하지만 안을 들여다보면 삶을 변화시키고 성장시키는 동력을 제공하고 있다. 변화와 성장의 요인 가운데 80%는 인문학에 있다. 인문학의 힘을 아는 사람들이 중요성을 부르짖는 이유이다. 인문학은 내용 이해가 어려울 수도 있다. 그러나 음미하듯 읽다 보면 독서력이 생기는 순간이 온다. 통찰력이 생기고 자신의 내면이 강화되는 그 시점까지 포기하지 말고 꾸준히 읽어야 한다.

실용서, 교양서 등에는 본질이 20%이고 현상이 80%가 담겨 있다. 꼭 읽어야 할 부분은 20% 정도에 지나지 않는다. 이런 종류의 책은 통독이나 속독, 필요한 부분만 읽는 적독만으로도 충분하다. 인문서와 실용서 비율이 20대 80이지만 읽는 시간으로 따진다면 비슷한 시간이 될 것이다.

파레토의 법칙은 책을 읽는 습관과도 연결된다. 다수의 사람들은 어떤 책을 읽든 비슷한 독서법으로 비슷한 시간이 걸린다. 인문학 분야 책을 버스 타고 가면서, 길가의 꽃을 구경하는 것처럼 읽어서는 참된 깨달음을 얻을 수 없다. 또한 원하는 목적지까지 천천히 걸어가는 것처럼 실용서나 교양서를 읽으면 책에 흥미를 떨어뜨리는 원인이 된다. 독서에서 가장 큰 문제 중의 하나가 모든 책을 똑같은 속도로 읽는다는 점이다. 정독·숙독·다독·통독·적독을 활용하는 효율적 독서를 권하고 싶다. 이 방법은 4장에서 자세하게 다룰 것이다.

파레토의 법칙을 독서에 적용하면서 중요한 것을 하나 발견했다. 독서는 인생의 80%를 결정하는 중요한 것임에도 불구하고 시간을 할애하기가 쉽지 않다는 것이다. 먹고 잠자는 기본 욕구와 근무 시간을 제외하면 남는 시간은 얼마 되지 않는다. 여기에 뜻하지 않은 일까지 발생한다면 책을 만져볼 시간도 없는 날이 많다.

그래서 필요한 것이 지혜로운 포기다. 하나를 얻기 위해선 하나를 포기해야 하고 더 중요한 것을 얻기 위해서는 덜 중요한 것을 포기해야 한다. 파레토의 법칙은 포기해야 할 것과 덜 중요한 것이 무언인가를 알려주는 법칙이다. 독서는 삶을 변화시키고 성장시키는 데 80%의 역할을 하는 중요한 일이다. 그러므로 독서를 위해 다른 덜 소중한 것을 지혜롭게 포기하는 것이 필요하다. 그렇지 않으면 늘 시간에 쫓기고도 성과를 못 내는 사람이 될 수밖에 없다. 먼저 무엇보다 귀중한 독서 시간을 정하고 다른 일과 시간을 조정하는 지혜가 필요하다 하겠다.

자신의 인생을 훌륭하게 사는 사람들의 공통점 중 하나는 효율적인 시간 관리에 있다. 일의 우선순위와 경중에 따라 시간과 일의 순서를 정한다. 늘 시간에 쫓기고 성과도 없는 사람들의 특징은 급하지만 덜 중요한 일에 시간의 대부분을 허비한다는 사실이다. 성공한 사람들은 급한 일보다는 중요한 일에 더 많은 시간과 에너지를 투자한다. 작은 차이처럼 보이지만 이는 작은 물웅덩이가 거대한 강물이 되는 것과 같은 차이가 난다.

하루 일과도 마찬가지다. 습관처럼 정형화된 생활에 변화가 필요하다. 자신을 변화시키고 성장시키는 데 결정적인 역할을 하는 독서에 선택과 집중을 해야 한다. 일과 잠자는 시간을 제외한 시간의 20%를 책을 읽는 일에 써야 한다. 이는 발전 가능한 미래를 만나는 길이다. 하루 중 20%의 독서 시간은 한두 시간 남짓이다. 이는 독서로 자신의 삶을 변화시키고자 하는 사람들이 지켜야 할 최소한의 시간이다. 당장 눈에 보이지는 않지만 인생의 80%를 결정하는 독서에 20%의 시간을 내고 온몸으로 읽어보자.

독서력은 잘 살게 하는 힘이고 공들여 책을 읽은 시간과 노력이 독서력을 키운다. 시간의 투자 없이는 독서력을 높일 수 없다. 20%의 작은 노력으로 80%의 성과를 내는 독서는 투자가치가 높은 상품이다. 오랫동안 수많은 사람의 검증까지 마친 결과물이다. 이제 기회는 당신 것이다. 투자의 여부 또한 온전히 당신 몫이다.

밖으로 나온 뇌,
손을 적극 활용하라

'책을 잘 읽는다'는 것은 집중해서 읽는 능력이 좋다는 말이다. '읽는다'는 읽은 내용을 기억하고 읽을 내용을 추리하는 과정이다. 집중력이 좋을수록 이해력이 높아진다. 사고력이 집중력의 원천이기는 하나 책을 읽는 내내 높은 수준의 사고력을 유지하기는 어렵다. 높은 사고를 요하는 철학·문학·역사 같은 책들은 다 읽고 나면 탈진 상태가 되기도 하는데 읽는 동안 치열하게 에너지를 소모하기 때문이다. 사고력을 꾸준히 유지하기 위해서는 에너지를 적절하게 공급해야 한다. 이 기능을 담당하는 것이 뇌다. 하지만 뇌의 용량은 한정되어 있고 적당한 휴식이 필요하다.

그런데 현대의 대뇌 연구자들이 제2의 뇌를 과학적으로 발견했다. 그것은 컴퓨터의 외부 저장장치와도 같이 무한대로 확장 가능한 바로 '손'이다. 메모는 제2의 뇌가 하는 일이다. 손을 쓸수록 두

뇌가 발달한다. 메모의 양이 증가할수록 지적인 사고 능력 또한 증가한다. 외국어를 공부할 때 손으로 쓰면서 외우면 암기가 잘 되는 이유도 손이 제2의 뇌이기 때문이다. 뇌를 두 개 사용하기 때문에 능률이 오르는 것이다. 메모가 많다는 것은 생각의 격전지가 많아지고 창의적인 생각이 많다는 뜻이다. 메모는 생각의 흔적이자 창조의 원천이다. 메모가 많아질수록 책을 잘 이해할 수 있고 생산적인 책 읽기를 할 수 있다.

책의 여백은 창의적이고 생산적인 독서를 위한 공간이다. 책에서 얻은 영감이나 깨달음뿐 아니라 사전조사 내용, 의문사항, 연관된 생각 그리고 새로운 아이디어 등을 다양하게 적을 수 있다. 경험으로 미루어 좋을 책일수록 밑줄이나 메모의 양이 많아진다. 많이 생각하게 만드는 책이 좋은 책이라는 명제에 부합된다. 메모는 책을 읽을 때 내용에 집중하도록 만들고 찰나에 떠오른 영감을 붙잡는 기술이다. 메모하는 과정 속에 창의력·집중력·기억력을 높일 수 있고, 내면의 잠재능력을 끌어올리는 원동력이 된다. 생각하는 여유와 쉼을 준다. 이는 창조적이고 생산적인 독서방법이다.

책을 읽을 때 메모하면 좋은 점이 여러 가지 있다. 먼저 생각의 무한한 확장이 가능하다. 책을 읽는 동안 독자는 작가의 생각과 끊임없이 대화한다. 긍정하기도 하고 부정하기도 하며 때로는 의문을 갖기도 하고 수긍하기도 한다. 그 찰나의 생각이나 느낌을 기록하는 것이 메모다. 메모는 작가의 생각과 자신의 생각이 만나 새로운 생각을 만드는 것으로 창의적인 발상이다. 메모가 아이디어의 창고라고 말하는 이유이다.

위대한 천재일수록 많은 메모를 사용했다. 최고의 발명가 에디슨은 3000여 권이 넘는 메모노트를 남겼고, 레오나르도 다 빈치와 아이작 뉴턴 또한 수천 장의 메모를 남겼다. 창의력을 끌어내는 도구였다고 해도 손색이 없다. 메모는 기억력도 높여준다. 책을 읽으며 감동받고 배운 바 있지만 금세 기억 속에서 지워진 경험들이 있을 것이다. 되새기려 애써 보지만 쉽지가 않다. 망각은 신이 인간에게 평등하게 준 선물이니 아쉬워할 필요는 없다. 그러므로 스스로 기억을 보존할 수 있는 방법을 찾아야 한다. 뚜렷한 기억력보다 흐릿한 잉크자국이 더 오래간다는 말처럼 뇌보다는 손의 기억이 더 오래 간다. 기억력에 있어 뇌의 부족한 점을 손이 채워주는 것이다. 뇌의 힘과 제2의 뇌인 손의 무한한 에너지가 결합돼 집중력을 배로 올릴 수 있다.

어느 날, 알버트 아인슈타인에게 한 기자가 전화번호를 물어보았다. 아인슈타인은 수첩을 뒤적이기 시작했다. 이를 의아하게 여긴 기자가 전화번호를 외우고 다니지 않느냐고 물었더니 "수첩에 적어놓으면 되는 데 왜 기억을 해야 하나요?"라고 말했다는 것이다. 메모는 기억하기 위함이 아니라 다른 무엇에 최선을 다하기 위한 것일 수도 있다.

기억의 한계를 뛰어넘는 게 메모다. 메모는 집중력도 향상시킨다. 집중력을 발휘하지 않으면 읽는 도중 깨달음이나 의문점을 메모할 수 없다. 정신을 집중하고 깨어 있는 독서를 해야 얻을 수 있는 순간의 기록이다. 메모는 작가와 자신이 격렬하게 부딪친 흔적이다. 능동적이고 적극적인 독서를 한 표시다. 제2의 뇌로 읽고 쓰는 것이다. 손을 사용하는 메모는 훌륭한 독서방법 중 하나이다.

독서 중 메모를 해야 하는 중요한 이유 중 하나는 자신의 잠재능력을 끌어올릴 수 있다는 점이다. 메모하는 곳은 작가와 자신의 생각이 교차되거나 접점을 이룰 때다. 자신이 배우고 경험했던 대부분의 지식은 망각되어 없어지는 것이 아니라 무의식 속에 잠재능력으로 가라앉아 있다. 자신 안에 침전된 잠재능력이 얼마나 엄청난지 알 수 없다. 레오나르도 다 빈치, 아이작 뉴턴, 아인슈타인 같은 사람들도 잠재능력을 끌어올려 위대하게 되었다. 잠재능력에서 끌어올릴 수 있는 것은 창의력이다. 창의력을 도출해내듯 메모에는 익숙하지 않은 것, 새로운 발상을 적는다. 메모가 아이디어의 원천이고 위대한 창조의 기반이 되는 이유이다.

메모하는 방법은 간단하다. 순간 떠오르는 생각이나 느낌을 잊어버리기 전에 빠르게 기록하는 것이다. 메모지를 준비하는 방법도 있겠지만 책에 바로 메모해도 된다. 번쩍한 생각은 찰나에 지나가 잊어버리기 쉽기 때문에 가능한 빨리 메모해야 한다. 생각의 격전이 있었던 행간에 메모하는 것이 좋다. 떠올랐던 착상의 재료들이 거기에 있고 다시 책을 읽을 때 정확하게 유추할 수 있다. 또한 메모의 포인트는 핵심 단어로 가능한 짧게 쓰는 것이 좋고 필요하다면 메모의 원인이나 느낌을 함께 적는 것도 좋다. 메모는 어떤 생각이나 문장에 대해 의미를 부여하는 행위다. 기록하는 가치가 있다. 몰랐던 것을 깨달았을 수 있고, 자신이 사색하거나 알아야 할 내용이 있다. 메모하면서 책을 읽는다는 건 능동적이고 생산적인 독서다. 메모를 위한 준비물은 연필 한 자루면 족하다.

읽고 배운 것을 나누는
생산적인 독서방법

06

정보통신이 발달한 오늘날에는 정보전달 매체가 다양할 뿐만 아니라, 다양한 정보가 급속도로 확장되고 재생산된다. 하나의 이슈가 순식간에 전 세계에 퍼지고 큰 반향을 불러일으킨다. 소셜 네트워크 서비스^{SNS}의 호응은 위력적이다. SNS의 힘이 크다는 것은 문자나 글에 위력이 있다는 것이다. 진실 되고 근거가 분명한 지식이나 정보를 전달하는 것이 중요하다.

요즘처럼 글의 힘이 위대했던 적도 없다. 그럼에도 불구하고 책을 읽지 않고 인터넷이나 스마트폰에 빠져 있는 모습을 볼 땐 무척 안타깝다. 4차 산업혁명이 광속으로 몰아닥치며 책을 읽으라고 권하는데 정작 사람들은 엉뚱한 곳을 쳐다보고 있다. 본질을 알려주는 책을 읽어야 하는데, 현상으로 가득한 인터넷이나 스마트폰만 주야장천 보고 있는 것이다.

SNS는 자기 홍보 수단이기도 하다. 자신의 관심 분야나 성공 사례 등을 게시함으로써 상대에게 자신의 가치를 제대로 인식시킬 수 있는데 여기에는 기술이 필요하다. 좋은 글을 정확히 써야 한다. 좋은 생각, 깊은 감동을 가졌다고 하더라도 풀어내는 기술이 필요하다. 실제로 SNS에는 전달하려는 목적이 무엇인지 알 수 없는 문장들로 가득하다. 틀린 글자나 맞춤법의 오류는 내용을 이해하기 전에 눈살을 찌푸리게 만든다. 글을 잘 쓰는 능력은 책 읽기를 통해 향상시킬 수 있다. 책을 많이 읽는 사람은 자연스럽게 문장력이 좋아진다.

페이스북·트위터·카카오톡 같이 대중화된 서비스에 독서 내용을 올려 함께 생각을 공유하고 서로 교감하는 수단으로 사용해도 좋다. 감동받았던 문장이나 생각, 짧은 에세이 또는 간단한 서평도 좋다. 타인과 감동을 함께 공유하고 싶거나 책에 대한 정보를 주고, 자신의 생각을 정리할 수 있는 방법이다. 피드백이 온다면 독서하는 행복이 배가 된다. SNS를 잘 이용하면 독서에 대한 흥미를 높이고 사고를 확장할 수 있다.

독서를 하다 보면 지식에 굶주려 닥치는 대로 읽어대는 시기가 있다. 그러곤 얼마 지나지 않아 지식의 포만감을 느끼고 자신감이 충만해진다. 지나친 포만감을 느끼면 교만함으로 빠질 수 있다. 책 읽기를 등한시하고 모든 책을 우습게 볼 수 있다. 이는 그릇이 작은 데서 비롯된다. 작은 컵에 담을 수 있는 물의 양은 적을 수밖에 없다. 붓자마자 차고 넘친다. 자신의 부족함을 알고 계속 배우는 자세가 필요하다.

읽고 배운 것을 나누는 것은 생산적인 독서방법이다. 자신의 부족함을 깨닫는 방법이기도 하다. 『예기』의 '학기편'에 교학상장이라는 사자성어가 있다. "가르침과 배움이 서로 성장시켜 준다"는 말이다. 스승은 학생을 가르침으로써 성장하고, 학생은 배움으로써 발전한다는 뜻이다. 가르치는 것은 배움의 반이며, 남을 가르치는 것도 배움의 일환이다. 배우고 가르친다는 것은 자신의 부족함을 깨닫는 과정이다. 가르침과 배움 못지않게 나누는 것 또한 지식의 정제와 확실한 앎이 필요하다. 독서모임을 갖거나 블로그나 카페에 서평 또는 감상문을 올리거나 SNS를 통해 지식이나 정보의 전달도 생산적 소통 방법이다.

서평이나 독후감상문을 쓰면 책을 두 번 읽는 효과가 있다. 책을 읽는다는 것은 작가의 관점과 생각을 이해하기 위한 행위이다. 자신의 생각이 흐르는 물처럼 흘려버리고 기억하지 않는다면 의미가 없다. 생각의 열매는 사색을 통해서 맺는다. 읽는 자체가 중요한 것이 아니라 깊이 생각하고 이치를 따져 자신의 의견을 만들어낼 수 있어야 진정한 독서가 된다. 사색은 독서를 완성하게 만든다. 서평이나 독후감상은 사색을 통해 나오는 것이기에 생산적인 독서다. 서평은 책 내용을 한눈에 볼 수 있는 조감도를 그릴 수 있게 하며, 책 너머까지 사고를 확장시켜준다. 내용뿐만 아니라 작가에 대해 현미경으로 관찰하고 망원경으로 통찰하는 것이다. 서평의 수준을 걱정할 필요는 없다. 처음에는 형편없고 보잘것없는 서평이 될 수 있지만 그것 또한 과정이다. 쓰면 쓸수록 글쓰기 기술이 늘고 자신도 성장한다. 하지만 책에 대한 지나친 맹신과 유명작가에 대한 맹목적 사랑은 자아의 발전에 걸림돌이 될 수 있다.

중국의 유명한 임제 선사에 "부처를 만나면 부처를 버리고, 조사를 만나면 조사를 죽여라"라는 말이 있듯이 성장하기 위해서는 기존의 지식과 상식을 깨야 한다. 서평은 자신을 성장시킬 뿐 아니라 사색하는 동안 창의력을 향상시킨다. 서평을 인터넷 블로그나 카페에 올려보자. 공적인 서평이라면 심사숙고하게 되고 자신의 모든 능력을 동원하여 쓰게 된다. 또한 서평을 잘 쓰기 위해 책을 집중해서 읽을 수 있는 동기부여도 된다.

책을 읽는 데만 집중하면 사색이나 실천이 어렵다. 사색은 통찰력과 창의력을 기르는 좋은 방법이지만 삶에 응용될 수 있도록 가공이 필요하다. 다양한 직업과 색다른 생각을 가진 사람들이 일반적인 대화를 나눌 때는 서로 이해되지 않았던 것들이 같은 책을 읽고 토론을 할 때는 이해가 될 뿐만 아니라 사고가 폭발적으로 확장된다. 깊이 있는 지식, 진리 없는 진리에 대해 두려움 없이 말하기 때문이다.

독서모임은 책 읽을 동기부여를 해주고, 능동적이고 적극적인 독서를 돕는다. 책이라는 공감대를 형성할 수 있는 사람들끼리 생각을 나누고 토론하는 자리다. 배움을 나누고 공유할 수 있다. 책을 읽고 발표와 의견을 나누기 위해서 적극적인 독서를 하게 된다. 이해하려는 노력이 집중력을 이끌어내고 생산성 있는 독서를 만든다. 자신의 생각을 논리적으로 전달하기 위해서 간단명료하게 정리해야 하는데 이는 책을 충분히 이해했을 때 가능하다. 독서모임을 하는 것 자체가 올바른 독서습관을 기르기에 아주 좋다.

읽고 배운 것을 나누는 것은 일석이조의 유익이 있다. 상대에게 유익한 정보나 감동을 주고 자신의 부족함을 깨닫고 책을 잘 읽게 만들어준다. 에빙하우스의 망각곡선을 보면 배웠던 지식은 하루가 지나면 70% 이상 잊어버리게 된다. 하지만 읽고 배운 것을 가르치거나 다시 나누는 행위를 한다면 효율성 높은 생산적인 독서가 된다.

가르치는 것이 가장 잘 배우는 방법이라는 말은 진실이다. 읽고 배운 것을 나눌 곳은 많다. 독서모임, 인터넷 블로그나 카페, SNS 그 외에도 많다. 적절하게 이용할 수 있다면 독서가 더욱 재미있어질 뿐만 아니라 책을 잘 읽을 수 있다. 가르치고 배우는 것이 함께 성장하는 교학상장의 지혜가 필요하다.

몸에 새긴 기억은
오래 지속된다

독서의 방법 중 온몸으로 읽는 것은 최상의 방법이다. 신체기관을 이용하면 집중력이 높아지고 이해력과 기억력이 증가한다. 필사는 온몸으로 읽는 방법이다. 베껴 쓴다는 의미의 필사는 글을 옮겨 쓰는 동안 눈으로 읽고, 머리로 생각하며, 가슴으로 느끼고, 손을 움직여 온몸에 새기는 행위다. 그렇기에 필사는 책을 잘 읽는 방법 중의 하나이다.

글이나 책을 베껴 쓰려면 시간과 노력이 필요하고 끈기가 있어야 한다. 필사는 읽는 속도보다 수십 배 느리고 별다른 효과도 없을 것 같지만 생산적인 독서를 하는 데 대단한 무기가 된다. 한 자 한 자 쓰면서 읽으니 몇 배의 사색을 할 수 있다. 사색은 필사의 위력이다. 필사할 때 떠오르는 착상들과 판단이 두서없이 나타났다 사라지곤 하는데 그 사이 사고가 확장된다. 단순히 글자를 읽는 것이 아니라 행간을 읽는 능력을 주는 것이 필사다.

　필사는 책 속 인물을 복제하여 자신의 내면에 들이는 작업이다. 자신이 닮고자 하는 인물의 태도나 생각을 자신의 태도와 생각으로 만들 수 있고, 그의 능력까지도 물려받을 수 있는 기회다. 깊은 사색으로 사고를 확장하고 작가의 입장에서 이해할 수 있게 된다. 공들여 읽고 인내하며 쓴 시간과 고통을 감수하기 때문이다. 시간과 인내는 불가능을 가능으로 바꾸어 주고 문제의 답을 준다. 음악의 신동 볼프강 아마데우스 모차르트는 분명 천재였다. 하지만 타고난 게 아니라 노력의 결과였다. 그의 곡들이 오직 영감에서만 나온 것은 아니었다. 당대의 음악 대가들을 연구하고 수없이 악보를 필사하고 나서 얻은 결과물이었다. 모차르트는 친구에게 보낸 편지에서 이렇게 말했다.

> 사람들은 내가 쉽게 작곡한다고 생각하지만 그건 실수라네. 단언컨대 친구여, 나만큼 작곡에 많은 시간과 생각을 바치는 사람은 없을 걸세. 유명한 작곡가의 음악치고 내가 수십 번에 걸쳐 꼼꼼하게 연구하지 않은 작품은 하나도 없으니 말이야.

　모차르트의 손가락은 이미 20대에 굳어 기형이 되었다. 그가 얼마나 많은 악보를 필사하고 치열하게 연구했는지 말해준다. 필사로 내림받은 작품성에 자신의 감성을 더하고 재능을 쏟아 부었다. 필사는 느리고 답답해 보여도 가장 빠른 길이다. 필사는 한 자 한 자 눌러쓰기에 시간을 요하는 작업이다. 생각하면서 쓰기에 집중력이 향상되고 스트레스를 줄인다. 몸에 새긴 기억은 오래 지속된다. 작품을 정확하게 이해할 수 있어 온전히 자신의 지식이 된다. 필사는 정독을 넘어 깊은 사색을 필요로 하는 숙독이다. 그러기에 이해하지 못할 책이나 작가가 없다. 시간과 수고가 필요할 뿐이다. 필사는 엉덩이의 힘으로 쓰는 것이다. 엉덩이가 무거울수록 필사 시간이 늘어나고 진득한 독서습관이 된다. 인내와 끈기가 필요한 자아성찰의 시간이 되고 힐링의 시간이 된다.

글 쓰는 작가들은 필사를 즐긴다. 무라카미 하루키나 신경숙은 스스로 필사를 통해 실력을 키웠음을 솔직하게 말한다. 그들은 좋아하는 책이나 작가의 글을 장인이 한 땀 한 땀 가방을 꿰매듯이 따라 적었다고 한다. 작가의 생각과 감정을 대신하여 체험하고 영혼의 힘으로 작가의 능력을 빨아들인 것이다. 작가 지망생들 또한 필사라는 관문을 통해 글 쓰는 능력을 향상 시킨다.

작가란 상상력과 사고력이 높고 글 쓰는 능력이 탁월한 사람들이다. 독자는 이런 능력을 내림받을 수 있는 것이다. 어휘력, 맞춤법, 띄어쓰기 같은 능력부터 사고력·통찰력 같은 힘까지 높일 수 있다. 필사는 제2의 뇌인 손을 사용하여 읽는 것이다. 책에서 얻을 수 있는 최상의 것을 베껴 오자.

필사에도 양면성이 있다. 부분 필사와 통 필사이다. 한 권의 책을 처음부터 끝까지 몽땅 베껴 쓰는 것은 통 필사이고, 중요하거나 감동적인 문장을 부분적으로 베껴 쓰는 것은 부분 필사이다. 한 권의 책을 통으로 필사한다는 것은 말 그대로 책의 내용을 완전히 내 것으로 만드는 동시에 작가의 사고력·상상력 등의 능력까지 베껴 쓰는 행위이다. 수십 권의 책을 읽을 시간에 한 권만 선택해 읽는 셈이다. 한 권을 필사로 얻은 능력이나 수십 권의 책을 읽고 얻은 지식이나 깨달음에는 차이가 없다. 에너지 보존의 법칙처럼 독서로 발휘되는 총체적인 힘은 같다는 의미이다. 수십 권의 책을 읽든 한 권을 통 필사 하든 개인의 선택에 달렸다.

부분 필사는 많은 이가 사용하는 방법이다. 중요한 문장이나 깨달음을 얻은 문장을 부분만 옮겨 씀으로써 선택과 집중을 하게 되어 효율성이 뛰어나다. 삶을 풍성하게 할 뿐만 아니라 가치를 돋보이게 할 수 있다. 책이나 논문, 기획서, 서평, 편지에 이용할 수 있는 재료가 되기도 한다.

필사는 생산적인 독서법이다. 책 읽기가 생각을 확장하는 것이라면 필사는 생각을 정리하고 숙성시키는 것이다. 삶이 고단한 사람과 글쓰기 실력이 부족한 사람에게 권하고 싶다. 글쓰기 능력을 키워 자신의 생각이나 의견을 제대로 전달할 수 있는 능력을 기를 수 있다. 필사는 자신을 성찰하게 한다. 행간에 담긴 뜻을 찾아내고 본질을 들여다보는 시간이 길수록 자신의 삶을 반추하게 되는 것이다. 원하는 것, 바라는 능력을 그대로 물려받는 행위가 필사이다. 온몸으로 읽어 보자.

무리에서 벗어나
책과 고독을 즐겨라

　미국의 사회학자 데이비드 리스먼은 『고독한 군중』에서 현대를 외부지향형 사회라고 했다. 동료나 이웃, 소속 집단의 눈치를 살피며 영향을 받아 행동한다는 것이다. 외관상의 사교성과 달리 속내는 홀로 남게 될 수도 있다는 고립감과 불안에 번민하는 고독한 군중이라고 진단한 것이다.

　우리도 자신보다 타인의 생각과 행동에 초점을 맞추고 그들로부터 격리되지 않으려고 노력한다. 소외되지 않으려는 의지로 SNS 같은 사회관계망에 매달린다. 고독한 군중, 또는 군중 속의 고독이라는 말은 집단 속에서 최선을 다해도, 밤낮없이 SNS를 해도 외로움을 느낄 수밖에 없음을 의미한다. 거대한 도시 안에 작은 섬 하나가 외로이 떠 있는 형상이다. 만나는 친구가 있고, SNS 친구나 이웃이 존재해도 고독한 이유는 타인을 의식한 외부지향성 때문이다. 삶의 주인은 나다. 나의 생각과 의지에서 비롯된 것이 아니라면 진정한 자아가 성립될 수 없다. 세상에 자기 마음대로 조종할 수 있는 것은 나 자신밖에 없다. 타인이나 세상은 자기 의지대로 움직이지 않는다. 그러기에 타인을 믿는다는 것은 언제나 불안할 수밖에 없다. 자유의지를 갖고 자신만의 삶을 살아가는 방법을 배워야 한다. 자아를 강화해서 자기의 가치관과 세계관에 따라 살아야 한다. 자존감을 세우고 강화하기 위해 고독을 선택할 수 있다. 책 읽기는 스스로 선택한 고독이기에 즐겁다. 고독은 무한 에너지를 담고 있다.

> 인간은 사회에서 여러 가지를 배울 수 있다. 그러나 영감을 받는 것은 오직 고독에 있어서만 가능하다.

요한 볼프강 괴테의 말이다. 고독은 영혼을 성장시킨다. 자신에게 고립감과 불안을 야기했던 무리에서 과감히 벗어나 자신을 재창조해야 한다. 무리에서 벗어나는 것은 고립이 아니라 자유다. 자신의 손과 발을 묶었던 굴레로부터 빠져나오는 해방의 기쁨이다. 이제 군중 속의 고독에서 벗어나 책 속에서 고독의 참맛을 느껴야 한다. 독서의 고독은 자신을 강하게 할 뿐만 아니라 창의적인 영감을 주는 생산적인 고독이다.

무리에서 벗어난다는 것은 자유를 의미한다. 여행을 하는 것도 진정한 의미에서 자유를 찾기 위한 것이다. 낯선 곳, 낯선 환경에서 타인의 시선에 개의치 않고 벌거벗고 싶은 욕망이 여행의 궁극적 목적이다. 자유만큼 행복을 주는 것도 없다. 자유를 얻기 위해 무리에서 벗어나야 한다. 그리고 자유를 얻기 위해 책을 읽어야 한다. 책을 읽는 궁극적 목적도 남에게 속박되지 않고 자유의지로 살아갈 수 있는 힘을 기르기 위함이다.

사람들이 자의 아닌 타의로 살아가는 것은 자신의 정체성을 확립하지 못했기 때문이다. 타인의 평가나 알량한 위로, 동정 같은 말초적인 자극에 반응하며 살아가기 때문이다. 책을 읽고 자아를 발견해야 한다. 가치관을 정립하고 세상살이에서 흔들리지 않도록 세계관을 확립해야 한다. 고독한 시간을 가져야 깊은 생각을 할 수 있다. 책은 참된 고독과 자신을 찾아가는 방법을 알려준다. 책을 읽으면서 끊임없이 자신의 삶을 반추하기 때문이다. 독서는 기본적으로 혼자 하는 놀이이며 고독을 즐길 수 있는 최선의 행위이다. 고독은 책 읽기의 필수 조건이다. 무리는 수동적이고 복종적인 인간을 좋아하는 습성이 있다. 무리에 있는 시간이 많을수록 책 읽는 고독을 빼앗긴다.

요즘은 오프라인보다 온라인에서 생활하는 시간이 더 많아졌다. 여가 시간을 인터넷이나 스마트폰에 할애한다. 상대와 24시간 교류할 수 있고 유기적 관계맺음으로 돈독함을 유지하려 한다. 상대적 개념으로 접근하기에 상대적으로 맞대응한다. 신뢰를 보이는 것은 표면일 뿐이기에 유지하기 위해 애를 쓴다. 이러한 생활의 굴레가 될 수 있는 온라인 무리에서 벗어나야 한다. 자신이 바로 서지 않고서는 의미가 없는 모임이다. 말초신경이나 건드리는 자극적 내용을 보거나 유명인의 개똥철학을 얻기 위해 소중한 시간을 버려서는 안 된다. 생각하고 성찰하는 시간을 빼앗는 의미 없는 관계의 집착을 버리고 책을 읽어야 한다. 책 읽는 사람은 깨어 있다. 현상이 아닌 본질을 볼 수 있는 눈을 지닌 자다.

수신제가修身齊家 치국평천하治國平天下라는 말은 먼저 몸과 마음을 닦아 수양하여 집안을 안정시킨 후에 나라를 다스리고 천하를 평정한다는 뜻이다. 자아를 성찰하고 자신의 정체성, 가치관을 제대로 정립할 때까지는 무리지어 다니면 어리석다는 것이다. 가장 강한 자는 자신을 이기는 사람이고 자신을 이기는 사람은 고독을 이기는 사람이다. 고독을 모르는 사람은 자신을 알 수 없고 세상을 올바르게 살 수 없다. 자신과 삶, 세상에 대해 생각할 수 있는 사색이 필요하다. 사색하는 힘을 길러주는 방법이 책이고 고독은 독서의 벗이다. 책과 고독, 사색은 하나다.

독서의 고독은 자의적 선택이며, 내적 충만으로 가는 지름길이다. 깨어 있는 정신으로 자신의 내면의 소리를 듣는 일이다. 군중 속의 고독은 외부지향의 삶에서 오는 두려움과 불안이다. 내부가 아닌 외부에서 삶의 목적이나 가치를 찾는 것은 언제나 두렵고 불안하다. 독서 속의 고독은 본질을 추구하는 내부지향적 삶에서 오는 즐거움이다. 타인이 아닌 자신의 내면에서 시작하는 목적이나 가치는 행복한 삶의 친구이자 자신의 꿈이 되는 것이다.

제2의 뇌인
손을 움직여라

망각은 신이 인간에게 준 가장 큰 축복 중의 하나이다. 괴롭고 고통스러웠던 과거를 잊게 하는 최고의 약이다. 망각이 부족한 사람은 끊임없는 후회와 타인에 대한 원망, 그리고 자신의 정신적인 문제로 괴로울 수 있다. 하지만 귀한 시간과 노력을 들인 독서의 결과물을 쉽게 잊어버린다면 그것만큼 억울한 것도 없다. 다행히 인간에게는 제2의 뇌라고 불리는 손이 있다. 캐나다의 신경외과 의사인 펜필드 박사는 신체 부위와 뇌의 상관관계를 호문쿨루스 모형이라는 그림으로 나타냈다. 거기에 보면 뇌에 가장 많은 전기 자극을 주는 것이 손이고, 다음으로는 입이라는 것이다. 이것은 손으로 하는 것이 가장 오래 기억된다는 의미이기도 하다.

오래 기억하고 싶다면 제2의 뇌인 손을 적극적으로 활용하라. 읽으면서 중요하거나 감동이 오는 곳에 밑줄을 긋거나 생각을 적고, 중요한 글들을 따로 필사하는 시간을 가져라. 그리고 몽땅 기억하고 싶다면 서평이나 리뷰를 쓸 것을 추천한다. 눈으로 읽고 순간의 생각만 하는 독서는 며칠 지나지 않아 잊어버리고 만다.

호문쿨루스 모형 그림에서 보면 머리로 생각한 것은 16%의 영향을 주고, 입은 17% 그리고 손이 32%로 월등히 높았다. 내가 적극적으로 추천하는 방법 중의 하나는 SNS를 적극 활용해 자신의 생각도 정리하고, 친구나 이웃들과 좋은 글과 감동을 나누라는 것이다. 자주 글을 올려 좋은 피드백을 받으면 글을 더 잘 쓰고 싶은 욕심도 생긴다. 또한 메모는 창의적인 사람들이 가장 많이 이용하는 방법이다. 인류의 위대한 창의형 인간인 레오나르드 다 빈치, 에디슨 등이 사용한 전매특허이기도 하다.

 독서는 완성된 사람을 만들고, 담론은 재치 있는 사람을 만들고, 필기는 정확한 사람을 만든다. - 베이컨

나만의 독서법을
찾다

글의 참뜻을
바르게 파악하는_정독

01

정독과 속독 중 어느 것이 더 좋은가, 한 권을 깊게 읽는 것과 얕지만 여러 권을 읽는 것 중 무엇이 나은가. 책을 앞에 두고 우리는 이런 고민을 한다. 독서하는 방법이 다양하지만 책을 읽는다는 것은 혼자만의 작업이기 때문에 개념정리가 명확하지 않다. 많은 사람이 추상적으로 알고 있는 방법으로 막연하게 독서를 하고 있는 듯하다.

이번 장에서는 책 읽는 방법을 크게 다섯 가지로 나누고 책의 종류나 독서 목적에 따라 적절히 조합하여 사용할 수 있는 방법을 소개하고자 한다. 정독·통독·적독·숙독·다독에 대한 개념을 알아간다는 마음으로 이 장을 읽기를 권한다.

독서방법이 모호한 원인은 개념의 뜻 정도는 이해하나 활용법이나 적용 가능한 책들을 잘 모르기 때문이다. 귀에 걸면 귀걸이가 되고 코에 걸면 코걸이처럼 중구난방으로 소개된 책들이 많다. 따라서 개념들을 재정비하고 이해하기 쉽게 적용할 수 있는 살아 있는 독서방법을 알아보자.

먼저 글의 참뜻을 바르게 파악하는 정독이다. 책에는 작가가 말하고 싶은 내용과 독자가 얻어야 할 배움이 있다. 세상에는 똑같은 책이 없다. 같은 주제라도 관점이 다르기 때문이다. 책이 전하는 핵심을 제대로 이해하고 자신의 것으로 만드는 것이 읽기의 본질이다. 책을 잘 읽는다는 것은 읽는 속도를 말하는 게 아니라 이해하는 능력을 말한다. 이해력에 따라 책에서 얻을 수 있는 가치가 달라진다. 이해 못 하고 대충 넘기는 책은 무의미한 독서이고 자신의 변화나 성장도 기대할 수 없다.

글의 참뜻을 바르게 파악하는 정독의 기준은 책의 내용을 85% 이상 이해하는 것으로 정의하고 싶다. 정독 독서는 책을 읽고 전체적인 맥락과 세부적인 내용을 충분히 인식할 수 있다. 상상력·창의력·통찰력 등을 기르는 데 만족할 만한 수준이다. 책과 작가의 지식과 지혜가 자신의 능력이 될 수 있는 사고력 있는 독서다. 그러나 독서가 습관이 되지 않은 사람에게는 쉽지 않은 수준이다. 85% 이하로 이해하는 독서는 책을 읽어도 사고력이나 통찰력을 높이기 어렵고, 자신의 변화나 성장에 큰 도움도 되지 않는다. 100%에 가까운 이해도를 가져야 한다는 사람들도 있지만 그것 또한 욕심이다. 1% 이해도를 올릴 때마다 시간과 노력을 배로 올려야 하는 비효율적인 독서가 될 수 있다. 필독서들이 쌓여 있는 상태에서 책 한 권에 무리한 집중은 독이 될 수 있다.

　뜻을 새겨 가며 읽는 정독은 모든 책 읽기의 기준이 된다. 인문고전을 읽기 위해선 긴 시간이 필요하고 가벼운 소설이나 에세이는 짧은 시간에도 읽을 수 있다. 정독은 책의 내용과 전체적인 맥락을 보고 80% 이상만 이해하면 되기 때문에 속도와 시간에 구애받지 않는다. 어떻게 읽을까를 생각하기 전에 어떻게 내 것으로 만들 수 있을까를 생각해야 한다. 정독으로 충족한 읽기를 하였다면 10분 만에 한 권을 읽었다 해도 속독이 아닌 정독이 되는 것이다. 반면 읽기가 쉽지 않은 철학이나 고전 명저를 20시간을 들여 읽었다 해도 이해도가 85%를 넘지 않았다면 그것은 정독이 아니다. 이해도가 부족한 상태에서 자신의 지식과 지혜로 전환될 리 만무하다. 정독은 책을 제대로 읽고 자신을 성장시키며 삶에 도움을 줄 수 있는 독서방법이다. 독서에서 이해가 부족하면 책이나 작가의 노예가 될 수도 있다. 정독은 자신의 자유의지로 살아갈 수 있는 힘을 만들어 준다. 그러므로 정독에는 깊이 생각하고 이치를 따져보는 사고력이 필요하다. 단어와 단어, 문장과 문장, 행간을 읽어내는 힘이 필요하다. 책 속의 글뿐만 아니라 글을 떠받치고 있는 작가의 생각을 제대로 읽어내는 것이 정독이다.
　책으로 얻는 최고의 가치는 작가의 생각을 읽고 능력을 유산으로 물려받는 것이다. 이것은 정독 이상의 독서력을 발휘해야 가능하다. 중요한 단어나 문장 전체를 속독으로 읽을 때는 불가능하다. 정독을 기준으로 시간과 책의 종류, 읽는 목적에 따라 적절히 응용하고 조합하면 효율적인 책 읽기가 된다. 사고력은 상상력을 이끌어내고 창의력과 통찰력을 만드는 뿌리가 된다. 즉 새로운 아이디어를 만들어내는 창조형 인간으로 만들어준다. 미래를 예측하고 꿈을 이뤄가는 데 필요한 능력을 만들어주는 것이다.

에너지를 많이 필요로 하는 정독을 할 때는 기술적인 방법이 필요하다.

첫째, 무턱대고 처음부터 끝까지 완벽하게 읽어내겠다는 욕심을 버려야 한다. 독서 초보자는 책장을 넘기면서부터 꼼꼼하게 집중해서 읽기 때문에 중간에 포기하게 되거나 책을 멀리하는 이유가 될 수 있다. 욕심으로 시작하지만 엄청난 양에 질려버리고 만다. 선택한 책은 예습을 하는 것이 좋다. 먼저 책의 앞, 뒷면에 있는 부제와 핵심 요약을 읽고 책의 뼈대라고 할 수 있는 차례를 보면 이 책에서 얻을 수 있는 핵심 내용들을 알 수 있다. 그리고 책을 쓴 목적과 강조하는 내용이 무언지를 알려주는 서문을 자세하게 읽는다. 이쯤 되면 책의 골격을 충분히 이해할 수 있고 책과 대화할 준비가 된 것이다.

다음 단계는 책을 처음부터 끝까지 그냥 넘겨보는 것이다. 책 속에 나오는 중요한 단어들을 곳곳에서 만날 수 있고, 책을 유추하는 열쇠가 된다. 10~20분의 시간으로 한 번의 독서를 끝낸다. 이것은 속독의 핵심 포인트이기도 하다. 두 번째는 처음부터 끝까지 전체적으로 죽 한 번 훑어 읽는다. 소위 '통독'이라고 불리는 방법인데 기준을 약간 낮춰 30분 안에 굵직굵직하게 읽어나가면 된다. 이런 독서는 기억에 남지는 않지만 다시 책을 읽을 때는 추체험으로 다시 읽는 기분이 되고 이해력도 높이는 효과가 있다. 이것은 철학이나 깊은 통찰을 요하는 책을 읽을 때 사용하면 유용하다.

둘째, 정독할 때는 메모를 하는 것이 좋다. 정독은 생각하고 이치를 따져야 하는 책 읽기다. 순간순간 지나가는 생각이나 떠오르는 아이디어를 잡는 것이 필요하다. 생산적이고 창조적인 독서방법이다. 책 속의 문장이 인지되는 순간 새로운 단어가 창안되고, 책 속의 낯선 생각이 들어와 개성 있는 아이디어가 나온다. 메모는 상상력과 창의력의 결과물이고 책을 잘 읽고 있다는 반증이다. 정독은 창조적이고 생산적인 독서방법이다. 정독은 독서의 근간일 뿐 아니라 사고력을 확장하고 통찰력을 길러준다. 어려운 책이든 쉬운 책이든 상관없다. 시간이 걸리는 비효율적 독서방법 같지만 가장 효율적이고 생산적인 방법이다. 독서의 신이라 불리는 헨리 데이비드 소로, 장 자크 루소, 프리드리히 니체, 요한 볼프강 폰 괴테 등도 정독을 택했다.

시중의 독서 관련 책들은 대부분 부분적이고 표피적인 방법의 독서 기술을 말하고 있다. 창과 방패를 함께 파는 상인의 교묘한 상술에 지나지 않는다. 중요한 것은 책을 읽는 기술이 아니라 읽고 몸과 마음에 새기는 독서의 본질에 있다. 이를 요한 볼프강 폰 괴테는 이렇게 자백했다.

> 나는 독서하는 방법을 배우기 위해서 80년이라는 세월
> 을 바쳤는데도 아직까지 잘 배웠다고 말할 수 없다.

자신에게 꼭 맞는 독서방법을 만드는 것은 쉽지가 않은 일이다. 다른 사람들의 독서방법이나 기술을 찾아다니는 사람은 요행을 바라는 어리석은 사람들이다. 진정한 독서 기술은 자신이 만들어가야 한다. 꾸준히 독서하는 습관을 통해서만 익힐 수 있다. 이 책이 독서 본질을 알려주려고 노력하는 이유이기도 하다.

정확하게 책을 읽고 완전한 이해를 목표로 하는 정독은 한 마디로 책을 잘 읽을 수 있는 방법이다. 책의 난이도에 상관없이 적용 가능한 방법이다. 사고의 확장뿐만 아니라 감동과 깨달음이 있다. A. 베네트의 말로서 정독의 중요성을 대신하고자 한다.

> 자기의 전력을 다 사용하지 않으면 훌륭한 독서 행위라
> 할 수 없다. 만일 독서 후에 피로하지 않으면 그 독자는
> 상식이 없는 것이다.

정독하기에는 힘이 든다. 그래서 포기하기도 쉽다. 그래도 자신의 변화와 성장을 위한 힘을 생성하는 좋은 책을 정독하라. 책이 전해주는 가치를 가장 잘 전습받는 길이다.

하나를 배우면
열 개를 이해하는_숙독

'숙熟'은 '익다, 여물다, 무르익다'라는 뜻이다. 즉 숙독은 무르익는 책 읽기로 정신의 성숙과 진리를 깨닫는 독서방법이다. 책을 이해하는 단계를 넘어 더 나은 결과물을 만들어낸다. 지혜가 되고 진리를 발견하는 방법으로 숙독의 이해도는 120% 이상이다. 진리는 본질을 정확히 인식해야 얻을 수 있다. 그러므로 숙독은 본질을 아는 독서라 할 수 있다. 특별히 인간과 삶, 사회, 국가, 이성, 동물, 자연에서부터 책, 독서, 정보, 지혜, 정직, 행복, 성공 같은 단어들에 대한 본질을 찾아가는 과정이 숙독이다. 근본적인 본질을 알아야 변하지 않는 참된 진리를 깨달을 수 있다. 진리를 아는 것은 책을 이해하는 것을 뛰어넘는 행위이다. 120%의 이해력이 바탕이 되어야 한다.

이토우지다카의 『천천히 깊게 읽는 즐거움』이라는 책은 하시모토 다케시라는 선생님이 만들어 낸 기적의 교실이야기다. 하시모토는 나카 칸스케의 『은수저』라는 작품 하나를 고등학교 3년 동안 학생들에게 천천히 읽게 하고 깊게 생각하는 독서를 가르쳤다. 그런데 조급한 마음을 가진 학부모와 학생들은 불평을 해댔다. 천천히 깊게 읽는 방법이 시간이 많이 걸리는 만큼 다른 무엇에 도움이 있을까, 라는 의구심도 제기됐다. 하지만 결과는 놀라웠다. 수업을 들은 학생들이 졸업반이 되자 도쿄대 합격자를 가장 많이 배출한 학교가 된 것이다. 그 한 권의 책에서 무엇을 얻은 것일까. '대물일점호화주의大物一點豪華主義'가 그 답이다.

> 한 가지 가치 있고 질 좋은 것을 집중해서 철저하게 흡
> 수하면 그것이 향후 모든 일의 바탕이 된다.

철저하게 파헤쳐서 하나를 알면 그것으로 파생되는 일뿐만 아니라 다른 일을 하는 데 훌륭한 기초가 된다. 본질을 깨우치는 숙독의 중요성을 압축해서 설명한 말이다. 학생들은 깊게 숙고하면서 사물의 근본적인 성질을 발견했다. 『은수저』를 통해 본질을 발견하고 응용하는 방법을 깨달아서 다른 과목에 적용할 수 있었다. 느리지만 한 개를 배우면 열 개를 알게 하는 숙독이 학생들에게 힘이 된 것이다. 졸업을 하고 사회에 진출한 하시모토의 제자들이 훌륭하게 살아갈 수 있었던 이유 또한 깊이 읽고 깊게 생각하는 숙독의 힘에서

답을 찾을 수 있다. 숙독은 본질을 알고 진리를 찾는 최고의 방법이기에 문제해결 능력 또한 뛰어나게 발휘할 수 있다.

숙독은 사색을 필요로 한다. 단어 하나, 문장 하나를 온몸으로 읽어야 하는 행위이다. 하나의 목표에 기존의 지식과 지혜를 총동원하고 깊은 사색을 통해 본질을 알고 진리를 얻는 방법이다. 이런 독서방법은 인간과 삶에 대한 본질을 연구하는 철학이나, 시, 예술 분야나 인문 고전에 맞는 독서방법이다. 또한 각 분야의 중요한 원리나 근본을 알려주는 깊이 있는 책도 숙독으로 읽어야 느리지만 확실한 지식을 얻을 수 있다.

하지만 처음부터 끝까지 숙독이 필요한 책은 그리 많지 않다. 정독으로 읽다가 깊은 사색이나 본질을 알 필요가 있는 부분만 숙독으로 읽으면 된다. 독서방법은 일정한 규칙이 있는 것이 아니라 상황에 따라 내 몸에 맞게 적절하게 조합하여 사용하면 된다. 특별히 깊은 사유가 깃들인 산문이나 수필을 숙독으로 읽으면 많은 깨달음을 얻을 수 있다. 정제할 수 없는 가르침을 글에 녹여낸 것이기 때문이다.

숙독은 천천히 읽는 것이 아니라 신중하고 깊게 읽는 방법이다. 숙독의 방향 또한 두 갈래가 있다. 하나는 사색과 통찰을 통해 얻는 방법이고, 다른 하나는 같은 책을 여러 번 읽음으로써 모든 내용을 통달하는 방법이다. 처음부터 끝까지 죽 훑어 읽는 통독을 다섯 번 하면 정독이 되고 열 번 하면 숙독이 된다. 이해가 부족하면 두 배를 더 읽으면 된다. 이처럼 독서하는 방법은 자신이 만들어가는 것이지 일정한 규칙이 있다고 생각하면 곤란하다. 애독가에게 독서법을 물어보면 일정한 법칙이 존재하지 않고 자신만의 독특한 방법이 있다는 것을 알 수 있다. 수많은 독서법이 있음에도 책을 읽는 데 큰 도움이 안 되는 이유는 개인차가 있기 때문이다. 독서의 방법과 본질을 이해하고 자신만의 독서법을 만들어가야 한다.

독서의 유형으로는 T형 독서가 일반적으로 사용된다. 다방면의 책을 읽다가 필요나 관심에 따라 한 우물을 깊게 파는 형식이다. T형 글자가 중복되고 굵어질수록 통찰력이 높아지고 잘 살아갈 수 있는 힘이 생긴다. 입문서나 실용서를 가볍게 읽는 통독이 가로획에 해당되고 깊은 사색을 필요로 하는 숙독은 세로획의 깊이다. 통독하는 사람이 제너럴리스트라면 숙독하는 사람은 스페셜리스트가 된다. 남들보다 좀 더 많이 생각하고 깊게 생각하는 숙독은 자신을 책 전문가로 만드는 방법이다.

숙독은 천천히 글을 음미하며 읽는 방법이기도 하다. 감미로운 음악을 들으면 행복감을 느끼듯이 음미하며 읽는 숙독에는 즐거움이 있다. 본질을 알아가는 기쁨과 진리를 발견하는 쾌감이 가득한 독서다. 독서의 진정한 맛이 여기에 있다. 독서광들이 골방에 처박혀 두문불출하고 책을 읽는 이유이다. 숙독은 느리고 얻는 게 없다고 생각할 수도 있겠지만 그 반대로 본질을 앎으로써 훨씬 광범위한 지혜를 얻을 수 있다. 숙성될수록 진가가 발휘되는 깊은 사색과 시간이 필요한 독서가 숙독이다. 어느 정도 독서 수준에 이른 사람은 숙독의 맛을 알고 읽는 시간보다 사색하는 시간에 비중을 높인다. 본질을 알고자 하는 지적호기심이 발동하고 생각을 숙성시키는 시간이다. 깊이 사색하는 숙독은 위대함을 낳는 독서다. 조지 버나드 쇼의 의미심장한 말을 들어보자.

> 일 년에 두세 번 이상 생각하는 사람은 드물다. 내가 세계적인 명성을 얻게 된 건 일주일에 한두 번은 생각하기 때문이다.

숙독은 한 가지를 깨우쳐 전체를 볼 수 있으며, 깨우쳐 알게 한다. 평범함 속에서 진리를 깨닫고 싶다면 숙독을 권한다.

처음부터 끝까지
훑어 읽는_통독

03

글을 읽고 이해하는 정도를 나타내는 단어는 '이해도'다. 이것은 책을 선택하는 기준이 될 수 있다. 일반적인 독서방법으로 책을 읽고 이해하는 정도에 따라 세 가지로 나누어 볼 수 있다. 이해도가 90% 이상이면 어떤 책이든 소화가 가능하기 때문에 혼자서 읽는 데 부담이 없다. 이해도가 50% 이하라면 책에서 무엇을 얻기보다 그저 책을 읽은 것에 만족하는 독서로 책에 대한 호기심이나 의지가 사라지게 되어 결국 책 읽기를 그만둘 수 있다. 그러므로 이해력이 부족해 독해가 어려운데도 남을 의식해 지나치게 수준 높은 책을 읽어서는 안 된다. 또한 너무 쉽게 읽을 수 있고 즐거움만 주는 독서는 자신을 성장시키지 못해 도움이 안 된다. 이해도가 75% 정도 되는 책이 자신에게 가장 이상적인 독서를 할 수 있게 한다. 쉽게 이해할 수준도 아니고 이해하지 못할 정도도 아닌 수준. 이는 지식의 확장이나 자아 성장에 적합한 수준이다. 어려움이 있다면 약간의 도움만 받으면 이해할 수 있는 수준이다.

통독은 처음부터 끝까지 죽 훑어 읽는 독서법이다. 훑어 읽는다는 것은 위아래로 또는 처음부터 끝까지 빈틈없이 눈여겨보는 방식이다. 제목, 차례부터 본문의 내용을 순서대로 내리 읽고 줄거리와 기본 개념을 이해하기 위한 것이다. 바꾸어 말하면 훑어 읽기가 아니라 훑어보기라고 할 수 있다. 공중에서 보는 조감과 같이 큰 틀을 파악하거나 대략적으로 내용을 이해하는 것이다. 낱말 하나하나를 헤아리며 읽는 정독과는 많은 차이가 있다. 통독의 이해도는 특별히 뭐라고 꼬집어 말할 수는 없다. 통독은 정독이나 숙독보다는 대략적인 줄거리를 이해하는 독서이기 때문이다. 통독은 여러 번 읽으면 자연스럽게 정독이 되는 방법으로 활용도가 무척 넓다. 정독이 좋다고는 하지만 다방면의 지식을 가진 통섭형 인간을 필요로 하는 시대에 정독의 단점을 채워주는 좋은 독서방법이다. 마르크스의 '양질 전환의 법칙'대로 많이 읽으면 독서의 질은 자연스럽게 올라간다.

통(通)독이란 단어의 의미처럼 책과 통하고 내왕하는 정도면 족한 독서다. 입문서나 교양서, 일반 소설 등에 주로 사용되며 줄거리와 기본 개념을 파악하는 수준이다. 이해도를 굳이 말한다면 60% 정도라고 말할 수 있다. 어려운 인문고전이나 전공서 등을 읽기 전에 그것들을 제대로 읽기 위한 예비 독서로서 좋은 방법이다.

먼저 전체적인 숲의 크기나 배경을 보여주는 독서방법이다. 이때 이해도는 40% 정도다. 통독의 이해도는 독서력에 달려 있다. 배경지식이 많고 독서력이 있는 사람에게는 통독이 일반 사람들의 정독 수준까지 될 수 있고, 독서력이 없는 사람이라면 책 읽는 시간이 길어도 이해도가 낮을 수 있다.

통독 또한 책의 종류, 독서 목적에 따라 읽는 시간이나 깊이를 조절할 수 있다. 훑어보기인 통독은 속독에 가장 근접한 독서방법이다. 배경지식이 많고 읽기가 숙달된 사람이 빠른 통독을 하면 속독이 된다. 여기에는 몇 가지 방식이 있다.

먼저 눈과 마음으로만 읽는다. 그리고 핵심 단어들만을 연결하여 이해하는 것이다. 두 번째로 몇 개의 단어나 문장 전체, 심지어 한 단락 이상을 스캔하듯이 읽는 방법이다. 독서력뿐만 아니라 고도의 집중력과 안구 훈련이 필요하다. 속독은 많은 사람들이 갖고 싶어 하는 기술이다. 약간의 훈련이 필요하지만 궁극적으로는 축적된 지식의 힘으로 읽는 방법이다. 속독은 장점도 되지만 그만큼의 단점도 있다. 쉽게 얻은 것은 쉽게 사라진다는 말처럼 내 몸에 새겨지는 독서가 될 수 없다. 통찰이나 논리, 깊은 사고력을 요하는 책에는 속독이 적합하지 않다. 다만 여러 번 읽으면 같은 효과가 난다. 통독은 많은 책을 읽고 넓게 알고 싶을 때 좋은 방법이다.

대략적인 내용을 파악하는 통독은 신문이나 잡지를 읽을 때 유용하다. 특히 신문은 통독을 할 수 있는 최고의 매체다. 한 자 한 자 읽지 않고 훑어봐도 기사의 줄거리를 충분히 이해할 수 있다. 일상적으로 매일 읽어온 정보와 신문 읽는 능력이 합해졌다면 통독이 가능하다. 마찬가지로 책 읽기도 그동안 쌓아온 지식과 시간, 노력이 합해져 독서력이 형성되고 통독할 수 있는 능력이 된다. 특별한 기술을 배워서 읽기보다는 꾸준한 독서로 읽는 힘을 키우는 것이 중요하다. 통독의 질은 결국 독서력에 달려 있다. 독서력이 있어야 통독할 수 있고 속독도 할 수 있다. 애드거 앨런 포드는 독서력에 대해 다음과 같이 말했다.

> 책을 많이 읽을수록 독서력은 기하급수적으로 향상된다. 독서광이라 불리는 사람들은 한 눈에 여러 대목을 살피며 읽어낸다. 그러므로 자기에게 필요한 대목을 스스로 활용할 수 있다.

어떤 독서방법이든 독서 목적에 맞는 책 읽기를 해야 한다. 결국 꾸준한 독서 습관으로 독서력을 키우는 것이 중요하다.

통독은 전체 줄거리와 기본 개념을 잡는 방법이다. 새가 하늘에서 본다는 의미의 조감도 같은 읽기가 통독이다. 나무 하나하나를 자세히 읽는 것이 아닌 숲 전체를 알기 위한 방법이다. 이것은 폭넓은 분야를 읽을 때, 지식 분야를 넓힐 때 필요한 방법이다. 깊이 있는 독서로 들어가기 전의 맛보기 독서라 할 수 있다. 통찰이나 논리를 필요로 하는 책은 적합하지 않는 방법이지만 그런 책을 읽기 위한 사전 독서로서는 좋은 방법이다. 통독의 목적이 대의를 파악하는 것이기 때문이다. 간단한 지식이나 정보를 얻기 위한 실용서를 볼 때도 많이 사용되는 방법이다. 통독에 대단한 의미를 부여하는 사람들이 있다. 통독으로 정독의 효과를 보고 싶은 욕심으로 책을 읽는 사람들이다. 물론 독서의 신 정도라면 통독만으로 일반 사람들의 정독 효과를 낼 수 있다. 독서력이 있기 때문이다.

처음부터 끝까지 죽 훑어보는 통독은 그 자체로 의미가 있다. 어떤 분야든 가볍게 시작할 수 있고 어떤 책도 부담 없이 읽기 좋은 방법이다. 독서력이 부족한 사람이 이런저런 지식과 정보를 습득하고 부담 없이 독서를 할 수 있는 방법이다. 훑어보는 통독으로 전체 줄거리를 파악하고 필요한 부분만을 적절히 적독하는 방법을 통해 속독이나 정독의 효과도 볼 수 있다. 책 읽는 속도를 높여 속독으로 만들고, 이해도를 높여 정독으로 만드는 재미도 통독의 묘미이다. 파스칼 블레즈는 "너무 급하게 읽거나 너무 천천히 읽을 때는 아무것도 이해하지 못한다"고 했다. 독서방법을 책의 이해도, 읽는 속도 등과 같은 물리적인 것들로 구분하기는 어렵다. 독서의 기본 개념을 이해하고, 자신의 수준, 읽는 목적, 시간, 중요성에 맞는 독서방법을 찾아야 한다. 모든 독서법에는 장·단점이 있으며 때와 장소에 따라 사용하는 독서법이 달라져야 한다. 특별한 독서법을 배우기보다는 책 읽는 시간을 늘려 책 읽는 힘을 높이는 것이 더 필요하다.

제한된 시간 내에
효과적인_적독

한 권의 책에서 필요한 부분만을 골라서 읽는 방법을 적독이라 한다. 여기서 '적'의 뜻은 일반적인 '쌓다'라는 뜻이 아닌 '들추어내다', '가리키다'라는 의미다. 한마디로 독서 목적에 맞게 선택적으로 뽑아 읽는 방법이다. 필요한 정보나 지식뿐만 아니라 책의 핵심 내용을 찾아내어 빨리 읽는 것이다. 작게는 한 문장에서 중요한 단어를 찾아내 글의 뜻을 이해하는 것이고, 크게는 책의 핵심 키워드나 문장을 찾아내어 책의 전체적인 흐름을 파악하기 위해 사용하는 방법이다. 적독은 정보가 넘쳐나고 시간이 제약된 현실에서 꼭 필요한 독서방법이다. 또한 적독은 속독의 핵심 기술이다. 읽을 책을 선택할 때도 유용한 방법으로 잠깐의 적독으로 자신에게 적합한지 적합하지 않은지 구별할 수 있다. 인문고전이나 소설이 아닌 실용서나 자기계발서, 학습을 위한 전공 서적 읽기에 필요한 기술이다. 같은 시간과 노력으로 최대의 효과를 얻을 수 있는 읽기 방법이다.

> 나쁜 책을 읽지 않는 것은 좋은 책을 읽기 위한 조건이
> 다. 그렇기 위해서는 읽지 않고 지나는 기술이 필요하다.
> 인생은 짧고 시간과 능력에는 한계가 있다.

쇼펜하우어의 말이다. 그의 말대로 양서와 악서를 선별해야 하고, 유익한 내용의 습득을 위해 중요하지 않은 것은 건너뛰어 읽는 것도 필요하다. 이때 가장 좋은 책 읽기가 적독이다. 인생은 짧고 읽을 책은 너무 많다.

적독은 속독을 하기 위한 전제 조건이다. 핵심 단어를 찾는 능력과 빠르게 읽고 이해하는 것이 속독이다. 글자 하나하나를 읽기보다는 문장의 핵심적인 단어를 찾아내 읽는 방법이다. 속독은 속도에 따른 분류이고 추상적인 개념이라서 자신만의 독서방법 만들기인 이 장에서는 따로 언급하지 않겠다. 속독의 범주가 고무줄같이 탄력적이고 세부적으로는 많은 기술과 독서력의 합이기 때문이다. 속독은 누구나 갖고 싶어 하는 능력이다. 속독에 대한 정보를 얻어 따라해 보지만 그 방법을 익힌 사람은 드물다. 나름 속독법이라고 하는 것도 무에서 유를 창조하는 것이 아니다. 기본적으로 읽기 능력을 갖춘 사람이 배울 수 있다. 속독법의 핵심요소를 들여다보면 단순하다. 눈의 움직임과 집중하는 힘이다. 핵심 단어를 찾아내고 빠르게 읽어나갈 수 있도록 안구 운동을 한다. 상하와 좌우 시야

의 폭을 최대한 넓혀 한꺼번에 많이 보고 읽어내면 속독이다. 여기에서 중요한 것은 속으로 발음하는 음독을 해서는 안 되고, 멈추거나 뒤로 돌아가 읽지 않아야 한다. 모든 에너지를 쏟아 책 읽기에 집중해야 한다.

나도 속독을 배우기 위해 책을 섭렵하고 도움을 구하기도 했다. 그러나 속독은 큰 의미가 없었다. 마음에 와 닿은 시나 소설을 빨리 읽고 얻은 것은 다 읽었다는 느낌뿐이었다. 깨달음을 얻기 위한 인문고전을 빨리 읽고 빨리 깨우치는 방법은 없다. 빠른 속도의 차를 타고 가면 아름다운 바깥 풍경을 잃는다. 그럼에도 독자들이 속독에 대한 환상을 갖고 있는 것은 불편한 진실이다. 단어마다, 문장마다 깃들어 있는 아름다움을 맛보지 못하는 독서가 무슨 의미가 있는가. 속독은 책을 많이 읽어 습득된 독서력이 바탕이 돼야 한다. 하지만 대다수가 많은 책을 읽으면 좋다고 생각해서 속독으로 해결하려고 한다. 이는 독서에 흥미를 잃게 만든다. 속독은 실생활과 밀접하게 연결되어 있을 때 가치가 있다. 실용서에서 많은 정보를 얻어 자신의 생업에 이용하려는 사람들이 속독의 최고 수혜자이다.

적독을 말하면서 속독에 대해 길게 쓴 이유는 독자들이 알고 싶어 하기 때문이다. 그리고 적독은 속독의 필수 조건이기 때문이다. 이제 속독에 대한 잘못된 믿음을 버리고 이 책에서 알려주는 독서방법을 통해 자신의 몸에 맞는 독서방법을 찾기를 바란다.

적독은 필요한 지식이나 정보, 책의 중심 내용을 골라서 읽는 방법이다. 자신이 책에서 얻고 싶은 것을 위해 꼭 필요한 부분만 읽는 방법이다. 물론 이것들을 적용할 분야는 실용서나 전문서적이다. 적독을 잘 사용하기 위해서 알아두면 좋은 것이 있다. 먼저 좁은 의미의 적독은 문장과 문단에서 핵심 단어를 찾아내는 기술이다. 일반적으론 명사와 동사가 핵심 단어이다. 그 외 주어, 수식어, 조사 등은 강조나 형용에 지나지 않는다. 문단은 거의 두괄식과 미괄식으로 되어 있다. 중요한 내용은 글의 맨 앞이나 뒤에 오기 때문에 처음과 끝을 잘 읽으면 글의 핵심을 잘 이해할 수 있다.

다음으로 넓은 의미의 적독은 책 전체 내용을 잘 파악할 수 있도록 골라 읽는 것이다. 이것은 통독이나 정독에서 사용하면 좋은 방법이다. 먼저 책의 앞, 뒷면의 겉표지를 샅샅이 읽어보자. 책의 핵심 단어나 작가가 말하는 핵심이 가장 잘 농축되어 있다. 다음으로 목차를 세밀하게 살펴본다. 목차는 책을 구성하는 뼈대로 핵심이 무엇인지 알려주는 지도라고도 할 수 있다. 목차를 잘 이해하면 자세히 읽어야 할 부분과 건너뛰어도 무방한 부분을 구분할 수 있다. 필요한 부분만 골라서 읽는 적독에 유용한 요소다. 적독뿐 아니라 책 내용의 큰 줄기를 잡는 데도 도움이 된다. 그다음 서문을 읽는다. 서문은 책의 뼈대를 잘 설명한다. 작가가 책에서 말하는 요지나 목적을 간단명료하게 설명할 뿐만 아니라 읽는 방법 등도 설명해준다.

마지막으로 색인이다. 색인은 책 내용 중에서 중요한 단어나 항목을 쉽게 볼 수 있도록 키워드를 뽑아낸 것이다. 목차의 핵심 내용이 한 단어에 포함되어 있다고 보면 된다. 이 외에도 소소한 적독 방법이 있지만 기본적이고 중요한 네 가지의 기술만 익힌다면 다른 것은 자연히 배울 수 있다. 정독·통독·숙독을 하기 전에 적독으로 예비 가열을 하면 유익한 결과물을 얻을 수 있다. 적독과 훑어 읽기인 통독을 잘 활용하면 저절로 속독이 된다. 책의 종류와 독서 목적 그리고 자신의 독서능력에 맞는 독서방법을 만들어보자.

적독이란 단어가 낯설고 색다른 해석이라고 느낄 수도 있다. 굳이 적독이라는 단어를 가져오고 의미 확장을 한 이유는 기존의 언어로는 설명할 수 없는 부분이 많기 때문이다. 또한 별 의미 없는 '속독' 같은 단어로 독자를 유혹하는 모순을 깨기 위해서다. 독서력이 약한 사람들에게 필요한 기술은 적독이지 속독이 아니다. 속독을 하면 시간과 노력은 아주 적게 들이고도 정독하는 사람들과 같은 효과를 낸다는 잘못된 인식을 바꿔보려는 의도도 있다. 속독을 하다가 책에 호기심을 잃는 경우가 의외로 많다. 적독은 선택과 집중이 필요한 세대에 필요한 독서방법이다. 읽고 싶은 것만, 알고 싶은 것만 골라 읽는 재미도 있다. 하지만 독서가 주는 최고의 가치인 사고력이나 통찰력을 기르는 방법은 아니다. 적독은 정보가 홍수처럼 넘쳐나는 시대에 읽을 책은 많고 시간이 없을 때 사용하기 좋은 독서방법이다.

삶을 변화시키는
창조의 책 읽기_다독

　책을 읽고 즐거움과 깨달음을 얻으면 책을 더 많이 읽고 싶어진다. 이 간절함은 다독으로 이어진다. 다독은 많이 읽는 것이다. 단순하고 쉬워 보이는 다독에 많은 구설이 있다. 다독에 절대적인 개념과 이분적인 잣대를 들이대기 때문이다. 먼저 다독은 하나의 절대적인 독서방법이다. 다독이 좋다는 속설 때문에 처음부터 다독을 욕심낸다. 확실하게 강조하지만 만병통치약 같은 독서방법은 없다. 자신의 독서력, 책의 종류, 독서의 목적 등 다양한 요소에 따라 읽기 방법을 달리해야만 독서를 잘 할 수 있다.

　독서방법이 좋다는 것은 책을 효율적으로 읽는 것을 말한다. "정독과 다독 중에 어느 것이 좋아요?"라는 질문은 흑백논리의 편협한 사고방식이다. 정독과 다독은 비교의 대상이 아니라 보완관계이다. 장·단점을 논하는 것보다는 독서를 잘할 수 있게 도와주는 상호

보완적 관계로 이해해야 한다. 둘 중 하나를 필요에 따라 선택하는 것이다. 독서 관련 책을 읽다 보면 저자의 가치에 따라 정독과 다독에 관한 강조가 다르다. 책에서 얻는 즐거움이나 깨달음을 강조하는 사람은 정독을, 실용적이거나 박학다식을 위해서 또는 창의적인 생각을 중요시하는 사람은 다독을 강조한다. 충분히 공감되고 이해 가능하다. 다만 자신의 관점을 지나치게 주장하다 보니 중심을 잃고 절제되지 않은 글을 쓰기 때문에 문제가 생긴다. 이런 논쟁에 참여하는 대다수의 독자는 다독이라는 것을 해본 적도 없고 다독의 본질도 이해하지 못한다는 사실이다.

다독은 시간과 노력을 들이는 땀의 합이다. 지식을 습득하고, 간접경험을 통해 지혜를 얻고, 편협한 생각과 고정관념에 빠져 잘못된 판단을 하지 않도록 도와준다. 책은 보물이자 무기다. 다독은 보물과 무기를 가능한 많이 가지려는 노력의 표시다. 다독은 두말할 필요 없이 중요하다. 하지만 효율만을 따지는 사람들의 얄팍한 마음이 문제이다. 적은 시간과 노력으로 많은 책을 읽고 갑절의 것을 얻으려는 욕심이 원인이다. 욕심이 속독이라는 기교를 찾게 만든다. 다독은 시간과 노력의 합이다. 독서습관과 독서력이 없는 사람에겐 그림의 떡이다. 책을 읽는 힘인 독서력은 읽은 책의 힘이고 결정체가 독서습관이다. 다독을 원하는 사람은 시간과 노력을 바쳐야 한다. 그것이 다독이다.

자신의 삶에 변화를 주고자 하는 의지가 다독의 원동력이다. 변화의 욕구, 자신의 현실에 만족하지 못하는 욕구 불만족이 다독의 힘이다. 끝없는 인간 욕망의 표현이라고 할 수 있다. 헤겔과 마르크스의 양질 전환의 법칙으로 설명될 수 있다. 양이 축적되고 쌓여야 질적 전환이 이루어진다는 말이다. 물을 끓일 때 99도까진 아무런 변화가 없다. 하지만 100도가 되면 물은 수증기로 변한다. 액체가 기체로 되는 질적 변화를 가져오는 것이다. 99도에서 평온했던 물이 1도가 높은 100도에서 형태의 변화를 가져오는 것은 99도까지의 가열된 힘이 있었기 때문에 가능하다. 다독 또한 마찬가지다. 한두 권 읽은 책이 자신에게 도움이 되는지 체감하지 못한다. 하지만 어느 순간 자신을 변화시키는 인생의 전환점 같은 책을 만난다. 소위 내 인생을 바꾼 한 권의 책이 되는 것이다. 그 한 권의 책이 99도의 물을 1도 더 올리는 결정적인 계기가 될 수 있다.

하지만 근본적인 힘은 그동안 읽어왔던 수많은 책의 힘이다. 봄의 화려한 벚꽃은 따사한 햇빛과 비의 결과이기보다는 춥고 긴 겨울을 이겨낸 인고의 시간에 있었던 것과 마찬가지다. 읽은 책의 양이 적으면 질적인 변화를 이루기가 쉽지 않다. 정독과 숙독을 통해 얻은 지식과 깨달음은 사고력을 확장시키고 통찰력을 충분히 길러준다. 하지만 창의적이고 통섭적인 인간이 되어 세상을 바꾸기에는 2%의 부족함이 있다. 새롭고 다양한 분야의 지식과 생각이 만나 창의와 통섭이 강화되고, 이를 실천할 분야가 필요하다. 이것을 가능하게 하는 것이 다독이다. 혼돈의 우주 속에서 빅뱅이 일어나 새로운 우주가 탄생하는 것이다. 자신의 인생에 빅뱅 같은 역할을 하는 것이 다독이다. 책에서 습득한 지식, 정보, 교양, 철학이 큰 폭발을 일으키는 데 그것이 바로 다독의 본질이다. 빅뱅 같은 힘을 얻기 위해서 많은 책을 읽는다. 현학을 뽐내기 위함이 아닌 자신과 삶을 질적으로 변화시키기 위해서 책을 읽는다. 여기에 방법이나 기술은 존재하지 않는다. 다만 땀과 노력을 들인 인고의 시간만이 있을 뿐이다. 이런 빅뱅을 경험한 사람은 빅뱅 후 잔잔한 우주와 같다. 맘이 평온하고 얼굴에는 광채가 난다. 영혼의 평안을 찾았기 때문이다. 이는 읽은 책의 수에서 오는 것이 아니라 책을 읽은 시간과 깨달음의 양에서 온다.

정독·숙독·통독·적독은 다독을 잘하기 위한 과정일지 모른다. 이런 독서방법들은 모두 장·단점을 가지고 있지만 다독에는 단점이 없다. 읽으면 읽는 만큼 이득이 되는 독서가 다독이다. 다독에 대해서 왈가왈부할 사람은 많지 않다. 어떤 현상에 대해 비판할 수 있는 사람은 그것에 대해 해박한 지식이나 통찰이 있어야 하는 것처럼 다독에 대해 말하려면 질적인 변화를 경험해본 독자여야 한다.

다독이란 시간과 노력만 있고 방법은 없다. 정독·숙독·통독·적독을 제대로 할 수 있어야 다독을 할 수 있기 때문이다. 책을 자세히 들여다 볼 수 있는 정독, 처음부터 끝까지 훑어 읽는 통독, 깨달음을 통해 진리를 찾는 숙독, 필요한 부분을 빨리 찾아내서 골라 읽는 적독의 힘이 없으면 다독은 불가능하다.

이런 기본적인 구조를 이해하지 못하고 다독에 대해 시비를 가리는 것은 옳지 못하다. 많이 읽는 다독은 할 수만 있다면 선택이 아니고 필수이다. 정독만을 고집하는 사람은 깊이만을 강조하는 우를 범하는 것이다. 우물을 깊이 파기 위해서는 그만큼 넓이도 필요한 것처럼 깊게 읽기 위해서는 먼저 넓게 읽는 것도 필요하다. 그렇지 않으면 독선이나 아집에 빠지는 어리석음을 범하게 된다.

　다독은 자신의 삶을 변화시키는 창조적 책 읽기다. 양이 빅뱅을 거쳐 질로 창조되는 과정이다. 읽은 책만큼이 자기 세상의 크기다. 아는 만큼 읽을 수 있는 것처럼 읽는 만큼 세상을 알 수 있다. 정독·통독·적독 등과 비례하여 다독하는 것이 좋다. 헤겔의 정반합의 변증법처럼 다독의 부족한 점을 다른 독서법을 통하여 보충하고 다른 독서법 또한 다독을 통해서 발전하는 유기적 관계가 돼야 한다. 이것이 이번 장에서 말하고자 하는 핵심이다.

　독서법이란 숟가락으로 밥을 떠먹는 법을 가르치는 것과 같다. 독서법도 몸에 배면 자연스럽게 익혀진다. 자신에게 잘 맞는 독서법을 만들어야 하는데 앞에 설명한 모든 것들의 장·단점을 취합해서 적절한 방법을 찾아야 한다. 자신만의 독서 노하우를 만드는 것이다.

묶어서 읽고
그림을 그려라

정확한 데이터가 있는 것은 아니나 경험으로 비추어 일반 독자들은 한 시간에 보통 20~50 페이지를 읽는다. 더 적게 읽는다는 건 내용 이해가 어렵다는 것이고, 더 많이 읽는다는 건 통독이나 적독을 한다는 것이다. 책을 빨리 읽는 것은 방법이라기보다는 기술이다. 문리를 터득하는 방법이 아니라 꾸준히 연습해서 익히는 기술이다. 또한 빨리 읽기는 독서의 총체적인 힘이지 어떤 하나의 방법이나 이론이 있는 건 아니다. 즉 애정과 열정이 있고 집중력을 발휘해야 하고, 독서의 목적이 분명해야 잘 읽을 수 있다. 그 외 소위 독서방법이라는 작은 팁들을 이용하는 것이다.

그래도 한 가지 중요한 팁을 말한다면 당연히 '묶어서 읽고, 그리면서 읽어라' 이다. 책을 많이 읽어도 속도가 느린 이유는 두 가지이다. 하나는 음독으로 모든 글자를 하나하나 속으로 읽는 것이다. 이것은 독서력이 쌓여도 독서 속도는 늘지 않는다. 한 자 한 자 정확히 읽는다고 이해가 잘 되거나 오래 기억되는 것은 아니다. 다음으로 책을 읽다 되돌아가는 횟수가 많다는 것이다. 이것은 정신 집중이 안 되고 별 생각 없이 책을 읽기 때문이다.

그래서 필요한 것이 3~5단어를 한꺼번에 묶어서 읽는 것이다. 짧은 절이나 한 구를 읽는 것이 가장 이상적이다. 그것이 글의 기본 단위이기 때문이다. 묶어 읽으면 좋은 것은 속으로 읽는 음독을 하지 않게 됨으로써 가속이 붙게 되는 것이다. 묶어 읽기 실력이 늘어나면 10단어 20단어가 아닌 한 문장이나 한 장을 통째로 읽기도 한다. 하지만 이러한 방법을 권하고 싶지는 않다. 그것은 책 읽기가 아니라 정보 찾기 수준이나 큰 줄거리만 알게 되는 수준이기 때문이다. 생각이 바뀌고 삶이 바뀌는 독서는 아니다. 그런 독서는 깊이도 그리 깊지 못하다.

묶어서 읽는 것 다음으로 어떤 책이든 머릿속에 그림을 그리면서 읽으라는 것이다. 이것은 이해가 훨씬 잘 되는 방법이고 정신 집중이 된다는 의미이기도 하다. 이것은 불필요하게 자꾸 되돌아가 읽는 나쁜 독서법을 고치게 하게 방법이기도 하다. '묶어서 읽고 그리면서 읽어라'를 잘 실천하면 보통보다 2~3배 속도로 읽을 수 있다. 즉 한 시간에 50~100장을 읽는 이상적인 독서를 할 수 있다.

가난한 사람은 책으로 인해 부자가 되고, 부자는 책으로 인해 존귀하게 된다.
- 〈고문진보〉

책은 글자로 구성되어 있다.
글자 하나마다 각각의 씨가 들어 있다.
책을 읽는다는 것은 글의 씨를 자신의 마음속에 심는 행위다.
조심스럽게 원하는 곳에 심는 행위가 필요하다.

나를 성장시키는
독서 5단계

씨앗 속의
사과는 셀 수 없다

01

    프랑스의 극작가 겸 시인인 알프레드 자리는 "책은 무덤에서 피어난 위대한 나무다"라고 말했다. 우리는 미래를 아는 것은 불가능하고 단지 예측만 할 뿐이다. 하지만 '생명 있는 것은 반드시 죽는다'는 사실은 분명하다. 인간뿐만이 아니라 장수의 표본 거북도, 천년을 넘게 사는 고목도 반드시 죽는다. 죽음을 이겨낼 생명체는 세상에 존재하지 않는다. 그런 점에서 알프레드 자리의 말은 책의 생명력에 대한 엄정한 찬사를 한 것이다.

    무덤에서 피어난다는 것은 죽음을 이겨내고 다시 살아난다는 의미다. 세상의 어떤 것도 이길 수 없는 죽음을 책이 극복한다는 의미다. 진실로 책은 죽음을 이겨내고 천년이 지난 후에도 살아서 인간과 세상을 지배한다. 2천 년 전의 소크라테스와 플라톤의 주옥같은 말은 아직도 살아서 우리에게 영감을 주며 그리스·로마 신화는 예술과 문학뿐만 아니라 우리의 삶 속에 살아서 함께 호흡한다.

책이 우리를 어떻게 성장시키는지 이해하는 것이 필요하다. 죽음까지 이겨낸 책이 주는 힘이 언제 나타나고, 어떻게 사용할 수 있을지에 대한 이해가 선행돼야 올바른 독서를 할 수 있다. 독서나무를 통해서 자신이 어떻게 성장하고 발전하는지 알아보고 자신의 삶에 어떻게 적용할 수 있는지 알아보자.

독서나무는 5단계의 성장과정으로 구분된다. 첫 번째는 씨앗독서다. 책 읽기를 시작하고 한 권 한 권 생명의 씨앗을 심는 단계다. 생명의 씨앗에 담긴 희망과 성공을 소중히 관리하고 보살피는 과정이다. 두 번째는 뿌리독서다. 어렵게 보살핀 덕분에 희망과 성공의 씨앗이 눈에는 보이지 않지만 든든한 생명력을 갖고 땅 속에서 알차게 성장하는 시기다. 세 번째는 줄기독서다. 기초가 든든하게 다져진 반석 위에 굳건한 집을 짓는 것처럼 땅 속에서 키운 뿌리의 뒷받침으로 굵고 튼튼한 줄기를 만드는 과정이다. 강한 비바람에도 끄떡없고 세상을 살아가는 데 흔들림 없는 평온을 유지할 수 있는 힘을 갖추는 것이다. 네 번째는 가지독서다. 불혹과 평온의 줄기독서의 힘이 수많은 잔가지와 푸른 잎들을 생산하는 시기다. 어느 정도의 독서력이 발현되어 열매를 맺기 위한 가지와 잎들이 돋아난다. 기회를 보는 통찰력과 희망을 현실로 만드는 창조력이 드디어 힘을 발휘하는 시기다. 마지막으로 열매독서다. 추운 겨울에 아끼고 소중히 보살펴온 씨앗이 온갖 시련들을 이겨내고 풍성한 열매가 되어 돌아오는 시기다.

아무리 독서력이 위대해도 얻는 것이 없다면 의미가 없다. 삶에 그 힘이 적용될 때 독서는 참다운 자신의 힘이 된다. 이 다섯 단계를 제대로 이해하고 실천하면 누구든지 책을 읽고 큰 힘을 얻을 수 있다.

첫째로 씨앗독서를 살펴보자. 사과 속의 씨앗은 셀 수 있지만 씨앗 속의 사과는 셀 수 없다. 결과보다 원인이 중요하고 작은 결과물보다는 희망이 담긴 일이 소중하다. 또한 작은 일같이 보여도 언제나 최선을 다하는 삶이 중요하다는 뜻이다. 씨앗이란 작고 보잘것없어도 자신이 하기에 따라 보물을 잉태하고 있는 소중한 자산이된다. 그렇다. 책 한 권은 하나의 씨앗이다. 당장은 맛도 없고 먹을수도 없는 작고 마른 씨앗이지만 한 권의 씨앗에는 몇 개의 열매가맺힐지 알 수 없다. 그냥 시들어 썩어 없어질 수도 있지만, 풍성한열매를 맺을 수도 있는 가능성을 가지고 있다. 그러기에 우리는 당장의 사과 하나가 아닌 풍성한 열매가 맺을 수 있는 희망의 씨앗을심어야 한다.

한 권의 책은 하나의 씨앗이다. 어떤 책이든 그만의 개성을 가지고 있다. 희망이 될 수도 있고 창조가 될 수도 있고 상상력이나 통찰력이 될 수도 있다. 독자가 필요로 하는 지식이나 정보가 될 수도 있고 미래를 대비한 능력이나 기술이 될 수도 있다. 어떤 씨앗을 심느냐에 따라 얻을 수 있는 열매가 다르기 때문에 책을 읽는 목적이 있어야 좋은 독서가 된다. 즐거움만을 위해 읽는 독서는 애정과 관심이 부족할 수밖에 없다. 씨앗이 뿌리를 내릴 때까지 물을 주고 정성을 들여야 하는 것처럼 책도 애정과 열정으로 읽어야 자신의 피와 살에 파고들어 꽃을 피우고 열매를 맺을 수 있다. 이런 씨앗 속에는 자신이 소망하는 삶과 꿈을 이루는 능력이 내포돼 있다. 작지만 희망이 있으면 살아갈 힘이 생긴다. 나치하의 유대인의 대학살 속에서 살아남은 빅터 프랭클의 『죽음의 수용소에서』를 읽어보면 마지막까지 살아남은 사람은 강한 사람이거나 불굴의 의지를 가진 사람이 아니라 어떤 상황에서도 희망의 끈을 놓지 않은 사람들이었다. 책은 내일의 희망을 볼 수 있도록 만들어준다.

씨앗독서는 삶에 희망을 심는 시기다. 어느 곳에서도 위안과 행복을 느끼지 못하고 방황하다가 책의 매력에 호기심을 갖는 시간이다. 책에서 멀어지지 않게 흥미를 붙여야 한다. 책에서 무언가를 얻기보다는 호기심을 잃지 않고 책과 좋은 친구가 될 수 있어야 한다. 양서 30여 권 정도 읽기를 추천한다. 30여 권 정도를 통독이나 정독으로 읽으면 마음속에 무언가 꿈틀거리는 느낌을 받을 것이다. 희망의 씨앗이 싹을 트고 올라오는 감정이다. 자신이 관심 갖는 분야의 책도 좋고, 삶의 지혜가 가득하고 위로와 평안을 주는 산문집이나 에세이도 좋다. 타인과 교감할 수 있는 베스트셀러도 괜찮고 좋은 책이라고 검증받은 스테디셀러도 추천한다. 깊은 영감을 주거나 감동이 있는 책이면 금상첨화다. 좋은 씨를 심어야 풍성한 열매를 맺듯 좋은 책을 읽어야 싹을 틔울 수 있다. 자신이 선택할 수 있는 안목이 없다면 주변의 독서광이나 온라인 서평을 참조하여 선택하는 방법도 있다.

씨앗독서에서 중요한 점은 씨앗이 영양분을 충분히 섭취하고 자랄 수 있도록 기름진 밭을 제공해주는 것이다. 누구나 자신 안에 갖고 있는 무한한 잠재의식이라는 밭에서 영양분을 끌어올려 씨앗에 영양분을 공급해야 한다. 즉 씨앗독서 시기에는 잠재능력을 깨워야 한다. 씨앗독서는 그동안 배우고 경험했던 자신 안의 잠재능력이라는 영양분을 발견하고 독서나무가 튼튼하게 자라도록 준비하는 시간이다. 책이라는 마중물을 통해 내면의 거대한 잠재능력을 끌어올리는 행위가 독서의 본질이다. 자신의 잠재능력이 독서나무를 잘 자랄 수 있게 하는 힘이며 그것을 발견하고 사용할 수 있도록 도와주는 것이 씨앗독서다. 씨앗독서는 생명의 책 읽기며 희망의 씨앗이다.

> 책은 생명의 나무요, 사방으로 뻗은 낙원의 강이다. 책에 의해 인간의 마음은 자라고 지성의 갈증은 해갈되며 마침내는 무화과나무에 열매를 맺게 한다.

R.D. 베리의 말이다. 이처럼 책은 생명이고 사막에서도 열매를 맺게 하는 힘이 있다. 모든 생명의 시작은 약하고 여리므로 씨앗독서 또한 사랑을 가지고 정성껏 보살펴야 한다. 물을 너무 많이 주면

썩고 따사한 햇빛을 받지 못하면 시들해진다. 생명의 씨앗이 싹을 틔울 수 있도록 적당한 온도와 수분, 공기와 햇볕을 주는 것이 필요하다. 민감한 씨앗은 과해도 덜해도 문제가 될 수 있다. 그리고 자신의 희망을 키우는 씨앗독서를 하며 무언가를 얻으려고 해서는 안 된다. 아직은 책을 읽은 후 삶에 실천하는 독서력이 약하기 때문에 쉽지 않다. 단편적인 지식이나 정보가 아닌 즐거움이나 삶의 지혜 또는 위로와 평안을 주는 책을 읽는 것이 좋다. 독서를 가능하게 하고 지속시키기 위해 호기심과 관심이 있는 분야의 책을 추천한다. 책에 대한 사랑과 정성이 가장 필요한 시기이다.

씨앗독서는 씨앗을 뿌리고 보살피는 시간이다. 희망, 사랑, 행복, 성공 등의 씨를 뿌리고 정성껏 보살피는 행위가 필요하다. 씨앗독서 때는 천천히 읽고 이해하며 감미롭게 독서해야 한다. 책은 글자로 구성되어 있다. 글자 하나마다 각각의 씨가 들어 있다. 책을 읽는다는 것은 글의 씨를 자신의 마음속에 심는 행위다. 조심스럽게 원하는 곳에 심는 행위가 필요하다. 책을 읽는 시간은 영혼을 울리는 독서시간이 되어야 한다. 그래야만 뿌리를 내릴 수 있는 힘이 생기기 때문이다. 프랜시스 베이컨의 말에 답이 있다.

책은 늘 살아서 자기의 씨앗을 인간 마음속에 심는다. 그로 인해 다가올 시대에 맞춰 행위나 생각을 불러일으킨다.

뿌리 깊은 나무는
바람에 흔들리지 않는다

02

  정성껏 보살핀 씨앗이 땅에 뿌리를 내리는 과정이 뿌리독서다. 뿌리를 내리지 못하는 씨앗은 썩어 없어진다. 독서습관 또한 자리 잡지 못한다면 독서로 얻을 수 있는 것이 작다. 뿌리가 얕으면 강풍이나 큰비에 쉽게 뽑힌다. 독서량이 30여 권밖에 안 된 씨앗독서는 씨앗에서 생명이 나고 그 생명을 유지할 만큼의 뿌리만 뻗은 상태다. 이 뿌리가 한여름의 태풍을 이겨내고 풍성한 열매를 맺을 만큼의 줄기와 가지를 만들려면 그 몇 배의 힘으로 지탱해야 한다. 나무는 뿌리의 크기만큼 성장하고 뿌리의 힘만큼 열매를 맺을 수 있다. 뿌리독서는 집을 지을 때의 기초만큼이나 중요하다. 모래 위에 집을 짓는 사상누각의 독서는 삶을 변화시킬 수도 없고 삶에 힘도 되지 않는다. 씨앗독서를 넘어 뿌리독서를 한다는 것은 독서습관을 만들고 책이 자신의 삶 속으로 들어오는 행위다.

중국의 극동 지방에는 모소대나무가 있다. 높이가 30m 정도까지 자라는 대나무다. 씨를 뿌리고 물과 거름을 주고 여러 해 동안 정성을 다해 키우지만 한 해가 다 지나도 싹이 나지 않는다. 두 해가 지나도 전혀 변화가 없어 죽은 것 같은 생각이 든다. 3년째가 되면 3cm 정도의 조그만 죽순이 삐죽 고개를 내민다. 4년이 흘렀지만 그 모습 그대로다. 기다림에 지쳐서 포기할까도 싶을 5년 차가 되었을 때 기적 같은 일이 벌어진다. 하루에 50cm까지도 자란다. 30m 높이의 성장까지 필요한 시간은 단 6주에 불과하다. 씨앗을 뿌리고 완전 성장을 하는 데 5년이 걸리지만 지극히 짧은 시간 내에 모든 성장을 마치는 것이다.

뿌리독서는 독서나무가 튼튼하게 잘 자랄 수 있도록 든든한 받침대 역할을 한다. 모소대나무가 6주 동안 30m의 대나무로 폭풍 성장을 할 수 있었던 것은 4년 동안의 인내가 있었기 때문이다. 눈에 보이지 않는 땅속에서는 엄청난 생명 활동이 있었다. 30m의 대나무를 성장시키고 지탱할 만큼의 준비 작업이 필요하다. 나무 높이의 수십 배, 아니 수백 배 이상으로 대나무의 뿌리가 성장한 것이다. 가시적으로 보이지 않는다고 죽거나 성장이 멈춘 것이 아니다. 뿌리는 땅속 깊이 파고들어 내일의 성장을 준비한다. 물이 있는 곳까지 뿌리를 뻗기 위해서 돌과 바위를 뚫기도 하고 온몸으로 끌어안기도 한다. 영양분을 더 많이 섭취하기 위해 수많은 잔털을 비옥한 땅으로 뻗친다. 준비가 철저하게 되면 엄청난 변화에도 끄떡없이 대나무로 성장한다.

독서도 마찬가지다. 독서 성장을 피부로 느끼기 위해서는 뿌리독서가 잘 뒷받침돼야 한다. 많은 사람들이 책에서 삶을 변화시킬 만한 힘을 얻지 못하고 책을 외면하는 이유는 뿌리 내림 없이 가느다란 줄기에 열매만 풍성하기를 바라는 조급함 때문이다. 모래 위에 집을 지었으니 무슨 도움을 얻을 수 있겠는가. 뿌리독서는 건물의 기초이자 독서나무의 힘을 바닥에서 떠받치는 원동력이다.

뿌리독서는 독서나무를 튼튼하게 지탱하는 힘이다. 뿌리가 강할수록 태풍이나 홍수에 뽑히거나 꺾이지 않는다. 뿌리의 힘이 나무의 힘이 되는 것처럼 뿌리독서는 자신의 독서 능력이 된다. 두 번째로 뿌리독서는 독서나무를 성장케 하는 영양분의 공급원이 된다. 뿌리의 기능은 나무가 생장에 필요한 수분과 영양분을 흡수하고 이동시키는 통로다. 뿌리가 많고 길수록 더 많은 영양분과 수분을 빨아들일 수 있다. 뿌리독서 시기라면 독서나무가 튼튼하게 자랄 수 있도록 자신의 능력을 키워야 한다. 뿌리만큼 나무가 성장할 수 있기 때문이다. 마지막으로 뿌리는 영양분과 수분을 저장하여 필요할 때 공급하는 저장창고로서의 역할을 한다. 비가 오지 않거나 추운 겨울을 위해 양분을 준비한다. 뿌리독서는 어느 분야 어떤 책을 읽더라도 읽고 이해할 수 있는 기본능력을 갖추게 한다. 뿌리독서는 책 읽는 힘의 기초가 된다.

뿌리독서는 독서나무의 근본이자 힘의 원천이다. 책을 읽는 힘이고 이해하는 원동력이다. 뿌리독서의 양은 대략적으로 200여 권 정도로 정의하고 싶다. 씨앗독서까지 포함된 뿌리독서의 양은 책을 제대로 읽고 삶에 유용하게 적용할 수 있는 상상력과 사고력을 길러준다. 그 다음단계인 줄기독서가 굵고 튼튼하게 자랄 수 있게 힘을 제공한다. 뿌리독서 때 갖추어야 할 중요한 능력은 생각하는 힘을 키우는 것과 기본이 되는 원리, 원칙을 이해하는 힘을 키우는 것이다. 자신을 알아가는 자아 찾기와 사람답게 살기 위한 교양을 갖춰야 한다. 뿌리독서라는 말처럼 책을 읽는 힘과 삶의 목적에 부합한 힘을 길러야 한다.

분야별 서적을 적절하게 탐독한다. 먼저 자신의 직업이나 전공, 관심 있는 분야의 원리와 기초를 이해하기 위해 그 분야의 입문서를 읽을 것을 권한다. 특히 해당 분야의 대가가 숙고한 후 명료하게 쓴 책을 읽어야 원리를 쉽게 이해할 수 있다. 입문서는 그 분야의 기본원리를 이해하고 응용하기 위한 기초로서 쓰인 책이다. 뼈대가 되는 책으로 관심 분야의 입문서 3~4권만 읽어도 훌륭한 길잡이가 된다.

다음으로 자아 찾기와 관련된 책을 읽어야 한다. 삶과 인간이라는 본질을 설명하는 인문학 서적을 읽고 찾아가는 것이 정답이다. 인문학은 답이 아닌 질문을 통해서 끊임없이 자신을 찾게 만들어준다. 자아 찾기를 하지 않는다면 책을 읽는 이유나 삶의 방향성을 알수 없기에 의미 없는 책 읽기가 된다. 현상이 아닌 본질을 좀 더 추구하는 책을 읽어야 한다. 인간에게 필요한 것은 사람답게 사는 방법이다. 문화적인 삶을 영위하는 데 필요한 교양을 길러야 한다. 미술·음악·연극 같은 예술에 대한 상식과 이해가 필요하며 역사·과학·철학 같은 인문학의 기초를 이해해야 한다. 뿌리독서는 모든 분야의 기본을 다져 책을 읽는 힘을 높이고 삶을 이해하고 자신을 찾아가는 과정을 배우는 것이다.

　뿌리독서는 기초단계이기에 시간이 걸리더라도 천천히 읽고 이해하면 된다. 책을 읽는 힘이 부족하다고 빨리 읽는 것은 금물이고 조급한 마음도 먹지 말아야 한다. 늦더라도 확실하게 이해하고 간다는 생각으로 책을 읽어야 한다. 다산 정약용은 『여유당전서』에서 다음과 같이 말했다.

> 나는 몇 년 전부터 독서에 대하여 조금이나마 알게 되었다. 한갓 책을 읽기만 한다면 비록 날마다 천백 편을 읽었다 하더라도 책을 읽지 않은 것과 같다. 책을 읽을 때는 한 글자라도 의미가 밝혀지지 않은 곳을 만난다면 넓게 고찰하고 세밀하게 연구하여 그 근본 뿌리를 알아야 한다.

　수박겉핥기식 책 읽기에 대해 다산은 경종을 울린 것이다. 기본이나 원리, 교양을 말하는 책은 크게 어렵지 않으므로 근본 뿌리를 이해해야 한다. 한 차원 높은 책으로 옮겨갈 때 큰 힘이 된다. 뿌리깊은 나무는 바람에 흔들리지 않는다. 뿌리독서는 책을 잘 읽게 만드는 힘일 뿐만 아니라 삶을 잘 살아가게 하는 동력이 되어준다. 각 분야의 입문서, 교양서 그리고 기초와 원리를 알려주는 책을 충분히 읽고 튼튼한 뿌리로 만들어야 한다. 책을 규칙적으로 읽는 사람에겐 1년이면 족하고 업으로 하는 사람에겐 수개월이면 족하지만 일반 독자들에겐 200여 권 읽기가 쉽지 않다. 하지만 책으로서 자신을 변화시키고 세상을 바꾸길 원한다면 꼭 읽어야 할 필요조건이다. 책에 대해 왈가왈부하는 사람의 대부분은 뿌리독서 시기에서 비롯된다. 어떤 책을 읽어야 할지, 어떻게 읽어야 할지 구별하기 어려운 독서 수준이기도 하고 그 정도만의 책 읽기를 통해 확실한 뭔가를 얻으려는 얄팍한 마음 때문이다.

뿌리독서는 기본을 아는 것과 독서습관이 몸에 배게 하는 역할을 한다. 호기심을 갖는 분야나 다양한 분야의 원리와 기초를 제대로 이해하는 능력이다. 꾸준하게 책을 읽음으로써 멈추지 않고 앞으로 성장해 나가야 한다. 아직 독서력이 없기 때문에 작은 유혹에도 쉽게 독서에서 이탈할 가능성이 있다. 습관이 되고 독서력이 쌓일 때까진 지식이나 지혜가 자신의 소유가 되지 않을 수 있다. 축적된 역량 위에 새로운 지식을 입혀야 하는데 습관도 독서력도 없으면 손에서 빠져나가는 모래와 같다. 독일의 철학자 쇼펜하우어는 이렇게 경고했다.

한때 한창 독서를 하다가도 그 이후 독서를 하지 않으면 읽은 재료는 뿌리를 내리지 못하고 소실되고 만다.

독서력이 생기는 줄기독서 시기가 될 때까지 의지를 갖고 독서습관이 몸에 배게 해야 한다. 뿌리독서의 어려움은 보이지 않는다는 데 있다. 모소대나무가 3년 동안 아무런 변화가 없다고 물을 주고 보살피는 행위를 하지 않았다면, 5년째의 폭풍 성장은 없었을 것이다. 하지만 뿌리독서는 내면을 강화시킬 뿐 삶의 변화를 일으킬 힘은 아직 없다. 그렇지만 뿌리가 없으면 성장할 수 없듯이 뿌리독서가 없으면 독서나무도, 자신의 변화도 일어날 수 없음을 각인해야 한다. 자아를 찾아가고 기본을 다져 성장의 원동력이 되는 것이 바로 뿌리독서다.

튼튼한 줄기는
나무의 버팀목이다

　내면을 강화하고 기초를 다진 뿌리독서는 줄기독서를 할 수 있게 역량을 제공한다. 책을 읽을 수 있는 능력을 갖추고, 읽어야 하는 이유를 분명히 인지한 상태이다. 규칙적이고 꾸준히 읽는 독서습관이 생겼다. 자신을 바꾸는 최고의 습관이다. 독서습관은 책을 통해서 최고의 보물을 유산으로 물려받는 훌륭한 습관이다. 뿌리독서의 궁극적인 목표인 독서습관이 줄기독서를 이끈다.

　줄기독서는 자아를 성장시키고 올바른 판단을 할 수 있는 통찰력을 기르게 한다. 본질을 알아가는 여정이다. 자아의 본질인 자신의 정체성을 깨닫고 성장토록 만든다. 그리고 삶의 본질, 사물의 본질, 인간의 본질을 깨닫고 세상의 이치를 배워가야 한다. 중심에 있는 본질을 알아야 제대로 판단할 수 있기 때문이다. 눈에 보이는 현상이나 표피만으론 올바른 판단을 내리기 어렵다. 문제해결 능력이 떨어지고 의견 대립이 생기는 이유도 본질을 알지 못하고 표면에 보이는 대로 생각하고 판단하기 때문이다.

　줄기는 나무를 온전하게 지탱하는 역할을 한다. 뿌리에서 얻은 힘을 기반으로 열매가 영양분을 충분히 흡수하고 수확할 때까지 떨어지지 않도록 튼튼한 버팀목 역할을 한다. 줄기가 굵고 튼튼할수록 가지와 잎이 많아지고 열매가 풍성하게 열린다. 줄기독서 또한 자신의 성장과 성공을 위한 힘을 기르는 시기로 삶의 궁극적인 목적인 행복을 줄기독서 과정에서 발견할 수 있다. 뼈대를 잘 세워야 건물이 튼튼하고 허리가 튼튼해야 온몸의 힘을 사용할 수 있는 것처럼 줄기독서는 독서나무의 기둥이자 자신을 단단히 세우는 힘이다. 자신이 굳세게 설 수 있다는 것은 어떤 역경이나 불행도 견뎌낼 수 있는 힘이 있다는 것이다. O. 골드 스미스는 책의 진리에 대해 이렇게 말했다.

　　책은 불행한 사람에게는 나무랄 데 없는 상냥한 벗이다. 인생을 즐기도록 해주지는 못할지 몰라도 적어도 인생을 견디도록은 가르쳐준다.

　사람마다, 책의 종류마다 다를 수 있겠지만 줄기독서는 500여 권 정도까지라고 말하고 싶다. 뿌리독서로 튼튼한 기초를 다진 독자는 어떤 단어나 문장이라도 이치를 깨닫는 사고력과 이해하는 독서력이 생긴 상태다. 입문서나 교양, 문학을 통해 책의 힘과 유용성을 간

파하고 무엇을 어떻게 읽어야 하는지도 알고 있다. 꾸준한 독서로 독서습관도 몸에 배어 있고 뭔가를 알고 싶은 호기심도 가득한 상태다. 이때 중요한 것은 독서의 방향성이다. 독서의 열매를 곧장 따겠다는 생각은 위험하다. 빈 깡통이 요란할 뿐이다. 자신감만 가득한 상태이지 자신을 변화시키거나 세상을 바로 볼 수 있는 통찰력은 없는 상태가 뿌리독서다. 자신감이 자부심으로 변하고 사고력이 통찰력으로 바뀌는 줄기독서가 필요하다. 본질을 가르쳐주는 독서를 통해 통찰력을 키우는 것이 핵심이다.

본질은 본디부터 가지고 있는 사물의 성질이나 모습을 의미한다. 본질을 제대로 알아야만 응용할 수 있고 올바른 판단도 내릴 수 있다. 사물의 본질, 인간의 본질, 삶의 본질을 가르쳐주는 책을 읽어야 한다. 이것들을 알고 나면 행복의 본질, 성공의 본질, 책의 본질 등으로 응용하여 삶에 힘을 보탤 수 있다. 본질을 가장 잘 알려주는 것이 인문고전이다. 세월의 검증을 마치고 입증된 책이 인문고전이다. 세월이 흘러도 변하지 않는 본질을 담고 있다. 인문학으로도 불리며 세부적으로는 문학·역사·철학 등이 포함된다. 특히 철학은 인간과 세계에 대한 근본 원리와 삶의 본질을 연구하는 학문으로 본질을 깨닫는 데 결정적인 힘이 된다.

철학을 모르고서는 본질을 이해하기가 어렵고 판단도 올바르게 할 수 없다. 이렇게 중요한 학문을 어렵다고 포기하는 것은 세상에서 가장 어리석은 사람이라 할 수 있다. 기초를 튼튼히 해야 응용문제를 잘 풀 수 있는 것처럼 기초가 되는 뿌리독서가 잘돼 있어야 줄기독서가 힘을 발휘할 수 있다.

문학은 인간의 감정과 사상을 언어로 표현한 것이다. 재미와 함께 본질을 깨닫는 힘을 준다. 하지만 철학과는 다르게 직접적인 방식이 아닌 간접적인 방법으로 알려준다. 답이 아닌 질문을 던짐으로써 스스로 찾게 하는 방법이다. 어쩌면 철학보다 문학이 더 정확하게 본질을 설명한다고 말할 수 있다. 삶에는 정답이 없기 때문이며 각자의 처한 상황이나 능력이 다르기 때문이다. 철학과 문학, 이 두 가지는 자아를 발견하고 성장시킨다. 다음으로 역사는 인간사를 시간과 상황으로 분류하고 결과를 명확히 알려준다. 역사 속 사건의 진실과 실증을 통해 깨달음을 얻을 수 있다. 철학, 문학, 역사는 자신의 한계를 깨고 습관을 깨고 삶의 굴레를 깨는 진정한 무기가 된다.

문학, 철학, 역사를 아는 것은 진정한 힘으로 작용한다. 행복도 성공도 모두 이 안에 있기 때문이다. 행복의 본질을 이해한다면 더이상 불행하지 않다. 성공의 본질을 이해한다면 반드시 성취할 수 있는 힘을 얻는다. 다른 분야가 중요하지 않다는 얘기가 아니다. 다만 이런 분야에 더 관심을 갖고 읽어야 한다는 의미다. 산문집이나 수필도 삶의 본질을 이해하는 데 좋은 책이다. 음악이나 미술, 스포츠 등 다방면에 걸친 탐구도 유익하며 자기계발을 위한 책도 필요하다. 이때는 통찰력 깊은 작가가 쓴 책을 읽는 것이 바람직하다. 이는 책은 본질을 제대로 파악하고 명쾌하게 전달하기 때문이다. 그렇지 않은 저자의 자기계발서는 현상만을 언급하기 때문에 실질적으로 도움이 안 되는 경우가 많다.

줄기독서는 본질을 알게 하여 사물을 정확히 꿰뚫는 통찰력을 길러준다. 본질을 알고 통찰력을 기르기 위해서는 정독과 중독이 필요하다. 뜻을 새겨 가며 자세히 읽는 정독과 다시 곱씹어 읽는 중독은 본질을 깨닫고 인간의 내면을 성장시키는 데 적절한 읽기 방식이다. 본질은 생명력이 있어 자신을 변화시키고 삶을 바꾸는 능력이 된다.

> 책은 절대적으로 죽은 사물이 아니다. 그곳에는 그들의
> 자손이 자기와 같이 활발한 영혼이 되기를 원하는 생명
> 력이 있다. 그렇게 그들은 자손을 길러 줄, 지성의 가장
> 순수한 효험과 추출물을 약병에 담은 것처럼 보관하고
> 있다.

J. 밀턴의 말처럼 본질을 담은 책은 귀중하다. 본질을 안다는 것은 지혜이며 미래를 내다보는 혜안이다. 인생의 뼈대를 잘 세울 수 있도록 도와주고 풍성한 열매를 맺게 하는 원동력이다. 덧붙이자면 본질을 아는 것으로 끝나는 것이 아니라 사색을 통해 지혜를 얻는 힘이다. 줄기가 몸통을 의미하는 것처럼 줄기독서를 할 때에는 머리만이 아닌 온몸으로 책을 읽어야 한다. 본질은 사고력보단 통찰

력으로 얻어지는 능력이기 때문이다.

줄기독서가 끝날 때쯤이면 세상이 달라 보이게 된다. 세상이 변한 것이 아니라 자신이 성장하고 변했기 때문이다. 문제해결 능력이 높아지고 삶의 질이 달라지는 경험을 할 수 있게 된다. 자존감이 높아지고 흔들림 없는 상태가 되는데 이는 줄기독서로 뼈대를 튼튼하게 세웠기 때문이다. 줄기독서는 자신의 희망이자 내일의 힘이 된다.

열매의 크기와 수량을 예상할 수 있는
증표는 가지다

줄기독서는 상상력·사고력·통찰력 있는 사람으로 만들어준다. 보지 않고도 짐작할 수 있는 상상력이 풍부해지고 사물을 깊이 생각하고 이치를 깨닫는 사고력을 높인다. 사물의 본질을 꿰뚫어 볼 수 있는 통찰력을 가진 사람으로 거듭나게 한다. 줄기독서까지 해내면 올바른 판단을 할 수 있고 인생의 궁극적 목적인 행복한 삶을 살 수 있다. 자아가 확실하게 정립된 상태이기에 삶의 방향이나 목적이 분명해진다. 인간의 본성이나 사물의 본질, 세상의 이치를 깨달아 아는 상태이고 원하는 삶을 살아갈 수 있는 혜안과 능력을 가진 상태이다. 이제 강화된 내면으로 고차원 문제해결 능력이 확산되는 가지독서로 전환이 요구된다. 뿌리의 힘이 튼튼한 줄기의 원천이듯 굳건한 줄기는 수많은 가지들을 떠받치는 힘이다. 줄기에서 축적된 힘을 받는 것이 가지이다.

가지독서에 입문하면 자부심이 삶에 온전히 묻어난다. 무슨 일을 해도 걱정이 안 되고 자신감이 넘쳐흐르는 상태가 된다. 마음의 꼴을 보여주는 얼굴은 속일 수 없다. 진심이 밖으로 표출되기 때문이다. 삶과 행복의 본질을 깨달은 독자는 자신이 처한 상황이나 모습에 불평하지 않는다. 힘든 상황을 바꿀 수 있는 방법을 알고 능력도 있기 때문이다. 현상만을 보고 두려움을 갖거나 걱정하지 않고 본질을 보고 문제를 제대로 해결할 수 있는 상태이다. 책이 주는 진정한 가치의 시작이 가지독서다.

독서의 수준을 읽은 책의 권수로 따진다는 것은 의미 없지만, 독자의 편의를 위해 말한다면 가지독서는 5백 권에서 1천 권까지라고 말할 수 있다. 줄기독서에서 가지독서로의 전환은 대폭발을 의미한다. 기존의 업무 관련이나 관심 분야의 책만이 아닌 모든 분야에 지적 호기심을 가지게 된다. 책을 읽고 얻는 상상력·사고력·창의력·통찰력이 어떤 책이든 읽고 소화할 수 있도록 만든다. 시간이 필요하고 좀 더 많은 사색이 필요할 뿐이지 읽지 못할 책은 없다. 지적 굶주림 같은 허기가 있다. 로마의 키케로는 '책이 없는 방은 영혼이 없는 육체'라고 말했다. 책이 영혼을 깨우고 삶으로 들어온 상태가 가지독서다.

가지독서의 핵심은 지식과 지혜의 폭발적인 성장에 있다. 모소대나무가 4년의 인고 끝에 6주 동안 모든 성장을 다 하는 것처럼 폭풍적인 성장을 하는 시기이다. 사막에서 물을 구하는 사람처럼 지식의 갈증을 해소하고자 틈만 나면 독서하는 열정이 있다. 마구잡이로 읽는 남독, 책을 쌓아놓고 읽는 다독, 내용의 핵심만을 뽑아 읽는 적독, 속독 등을 독서방법으로 사용한다. 이미 독서력이 형성돼 있으니 무리가 없다. 하루에 한 권이 아니라 열 권도 읽을 수 있는 에너지가 있다. 사고의 확장, 영역의 확장, 지혜의 확장 같은 지식의 빅뱅이 일어난다. 속독과 다독으로 엄청난 양의 지식이 쌓여 언덕이 산으로 변하고 장르를 넘나드는 독서로 빅뱅을 일으킨다. 새로운 창조물이 솟구치는 시기다. 튼튼한 뿌리와 줄기가 충분한 수분과 영양을 공급해 수많은 잔가지가 나오고 풍성하게 잎이 돋아나는 것과 마찬가지다. 잔가지와 나뭇잎은 곧 열릴 열매의 크기와 수량을 예상할 수 있는 증표이다. 가지독서는 바로 열매를 맺기 위한 가지와 잎을 무한히 생성하는 책 읽기다. 하루에도 동·서양을 횡단하고 타임머신을 타고 과거·현재·미래를 왔다 갔다 한다.

가지독서 시기에는 낯선 사람, 환경, 작가와의 만남이 무수히 많다. 영역을 뛰어넘는 남독으로 다방면의 지식이 얽히고설켜 새로운 창조를 일으키는 데 이것은 통섭력이다. 낯선 것이 불편하지 않고 흥미 있는 창조의 원동력이 된다. 필요한 정보나 문제 상황의 해결책을 책에서 찾을 수 있는 능력이 있다. 가지독서는 다양하고 넓게 읽는 수평독서와 한 주제만을 깊게 파고드는 수직독서를 병행하게 된다. 마음의 문을 열고 세상의 모든 것을 받아들일 수 있는 상태다. 자신과 책이 하나가 되고 세상이 자신의 내면으로 녹아들어 하나가 된다.

독서를 잘 하는 사람은 마땅히 책을 읽어 손발이 춤추는 경지에까지 이르러야 한다. 그래야 비로소 형식에 구애받지 않는다. 사물을 잘 보는 사람은 마땅히 마음과 정신이 녹아서 물건과 하나가 될 때까지 이르러야 한다. 그래야 외형에 구애받지 않는다.

채근담에 나오는 말이다. 가지독서 상태가 되면 자신을 옭아맸다고 생각했던 태도나 규칙의 굴레들에 더 이상 억압받지 않고 자유롭게 행동하게 된다. 진정한 자유가 되고 미래의 열매가 맺힐 가지와 잎들이 무성하게 나온다. 선순환의 고리가 만들어지는 것이다. 뿌리에서 끌어올린 수분과 영양분이 줄기를 통해 가지와 잎에 에너지를 주는 것같이, 가지와 잎에서 광합성을 일으켜 뿌리와 줄기에 필요한 탄수화물을 역으로 내려 보낸다. 일방원조에서 상생의 위치로 변하는 것이 가지독서다. 그만큼 책을 읽고 이해하는 속도에 가속이 붙으며 성장에도 가속이 붙는다.

가지독서에 필요한 남독·다독·속독은 축적된 지식의 힘인 독서력이 있기에 가능하다. 읽는 모든 지식을 지혜로 전환할 수 있다. 신문과 잡지도 적당히 읽을 필요가 있는데, 이전에는 단편적인 지식과 정보의 노예였다면 지금은 깊은 통찰력과 독서력으로 사리분별을 할 수 있기 때문이다. 이때의 지식과 정보는 중요한 것만 읽고 필요한 부분만 통독하는 것이 좋다. 어디까지나 지혜의 본질은 단편적인 지식이나 정보를 제공하는 신문이나 잡지에 있는 것이 아니고 본질을 알려주는 책에 있기 때문이다.

가지가 나오고 잎이 돋는다는 것은 열매를 위해 영양분을 공급하는 것이다. 즉 자신의 꿈과 행복을 잘 키우기 위한 능력의 준비이자 기회의 표출이다. 이때의 특징적인 변화 중 하나는 온전한 무의 상태에서 책을 대한다는 것이다. 명성 있는 작가의 책이나 베스트셀러 또는 이름 있는 출판사의 현란한 상술에 속지 않는다. 깊이 있고 본질을 담은 읽기 쉬운 책을 선별할 수 있는 능력이 있기 때문이다. 자신의 모든 통찰력이 깃든 독서력을 믿고 스스로 판단할 수 있다. 인문학이나 과학을 제외하면 저자의 사고력 또한 가지독서 수준의 독자보다 높다고 할 수도 없다. 비판적 독서는 이때가 되면 꼭 필요하다. 하지만 알지 못하고 무조건 비판하는 독서와 본질을 알고 비판하는 것은 분명한 차이가 있다.

가지독서 수준의 독자는 삶에 대해 당당하게 대해도 된다. 앉고 서며 들어올 때와 나갈 때를 아는 통찰력이 있기 때문에 자신의 행동에 문제될 게 없다. 마냥 당당하게 걸어가면 된다. 프랑스 속담에 "신념을 확고히 하고 나가는 사람에게 사람들은 길을 비켜주는 습관이 있다"라는 말이 있다. 봄에 씨앗을 뿌리는 정성과, 한여름의 땀과 노력이 배어 있는 가지독서는 절대 독자를 배신하지 않는다. 이 정도까지의 독서에도 불구하고 삶에 변화가 없다고 말하는 이는 없을 것이다.

알찬 열매는
스스로 빛을 발한다

'통쾌痛快하다'는 아주 즐겁고 유쾌하다는 사전적 의미를 갖고 있다. 한자를 살펴보니 '통痛'은 아프다는 뜻이고 '쾌快'는 상쾌하다 또는 기뻐하다는 뜻이다. 그러니까 통쾌는 고통 후에 오는 상쾌함이다. 아주 즐거울 때 사용하는 말인데 아픔이나 고통의 의미가 포함되어 있는지는 잘 몰랐다. 열매독서는 이런 통쾌함을 표출하는 데 어울리는 단어다. 열매독서의 수준까지 도달하려면 긴 인고의 시간을 가져야 한다. 책을 읽지 않는 사람에겐 지옥이나 다름없을 것이다. 천 권 이상을 읽어야 열매독서가 되므로 대단히 고통스러운 '통痛'의 시간을 보내야 한다. 참된 이치를 깨닫고 지극한 즐거움을 얻는 '독서의 신' 경지는 아무나 오르지 못한다. 그 경지에 올랐을 때 비로소 깊은 통찰력과 창의력을 발휘하여 좋은 열매를 맺는 '쾌快'의 기쁨을 맛볼 수 있는 것이다. 통쾌한 책 읽기가 바로 열매독서다.

196

열매독서는 책에서 최상의 열매를 얻는 시기다. 책에는 인류가 수천 년 동안 성취한 것들의 원인과 결과가 이성적이고 논리적으로 표현되어 있다. 책을 읽으면 자신의 삶에서 일어나는 문제들을 해결할 수 있는 능력을 갖추게 된다. 나이가 적을수록, 경험이 적을수록 그 효과는 높아진다. 청소년기나 사회 초년생일 때의 독서는 인생을 통째로 바꿀 만한 힘을 준다. 나이가 들어서 하는 독서는 축적된 경험, 지식과 융합해 삶의 지혜가 되고 능력이 된다.

열매독서는 수확하는 책 읽기다. 그동안 거쳐 온 씨앗, 뿌리, 줄기, 가지독서에서 익히고 길러온 상상력·사고력·창의력·통찰력·통섭력이 열매로 영그는 작업이다. 농부가 땅을 갈고 씨앗을 심고 정성껏 보살피고 한여름의 태풍이나 홍수도 이겨내고 얻는 수확의 보람이 열매독서다. "인내는 쓰고 열매는 달다", "고진감래苦盡甘來"라는 명언들은 '쓴 것이 다하면 단 것이 온다'는 말로 고생 끝에 오는 즐거움을 의미한다. 천 권의 책에는 천 명의 지식과 지혜가 압축되어 있다. 모범이 될 만한 위대한 영혼을 가진 작가들의 사상이다. 바꾸어 말하면 책을 읽는다는 것은 천 명의 위인들의 삶을 대신 살아보는 것이다. 한 번밖에 살 수 없는 인생에서 수많은 인생을 추체험할 수 있다. 멋지고 훌륭한 인생을 살다 간 위인들의 지혜와 능력을 그대로 물려받는 것이다.

열매독서에 이르는 길은 책을 읽고 독서력을 키우는 방법밖엔 없다. '독서력'은 책을 읽는 힘뿐만 아니라 세상을 잘 사는 힘이기도 하다. 오랜 병상생활에서 3천여 권의 책을 읽었다는 소프트뱅크의 손정의 회장과 이랜드 그룹의 박성수 회장, 도서관에서 사고혁명을 일으킨 토머스 에디슨과 빌게이츠가 이를 증명한다.

> 책은 그 저자인 인간들과 마찬가지로 세상에 나오는 데
> 는 한 가지 길밖에는 없지만 세상에서 나가는 길은 1만
> 가지나 되며 다시는 돌아오지 않는다.

J. 스위프트의 『통 이야기』에 나오는 말이다. 성공 뒤에 독서의 힘이 강하게 자리 잡고 있다는 사실을 부정하는 사람은 없다. 독서력은 문제해결 능력을 키워 잘 살아가게 하는 힘이기 때문이다. 깊은 통찰력과 창의력이 있는 열매독서로 하지 못할 일이란 없다. 문제에 부딪히면 지식으로 풀면 되고, 안 되면 도서관으로 달려가 더 많은 전문가나 위인들의 지혜를 빌리는 방법을 안다. 미래가 필요로 하는 인재는 창의력과 통섭력을 갖춘 인재다. 새로운 것을 창출하고 이질적인 학문에서 합일점이나 새로운 아이디어를 만들 수 있는 인재다. '새로움'이란 낯선 것을 의미한다. 책에는 낯선 단어, 문장, 장소, 시간과 삶이 가득하다. 천 명의 삶을 경험하게 하는 열매독서는 얼마나 많은 새로움이 가득하겠는가. 열매독서는 자신이 원하는 것을 얻을 수 있는 힘이 있고 창조할 수 있는 능력이 있다. 자신의 생업과 관련 없는 곳에서도 성취를 할 수 있는 힘이 생긴다. 꿈을 꾸면 이루어지는 것이 아니라 책을 읽으면 꿈이 이루어진다.

열매독서 단계에서는 지극히 겸손해진다. 가지독서의 힘과 자부심이 겸손으로 바뀌는 것이다. 자신이 알고 있는 것이 너무 소소하다는 것을 깨닫게 되고 진리라고 믿었던 것들 외에 다른 진리도 발견하게 된다. 무엇보다도 내가 누구인가, 라는 기본적인 질문에도 답하기 망설여진다. 겸손은 강한 자의 미덕이다. 자신이 아는 지식으로는 대자연의 원리뿐만 아니라 거대한 우주를 평가할 수 없음을 이해한다. 또한 책을 읽으라고 권하지도 않는다.

위에서 필자가 읽은 책의 숫자로 독자의 수준을 판단하는 것이 잘못임을 안다. 프랑스의 철학자인 몽테뉴도 장서는 천여 권에 불과했다. 그가 쓴 책과 사상을 생각한다면 어불성설이다. 그럼에도 불구하고 독서나무에 빗대어 독자의 성장과정을 표현한 것은 독서에서 오는 많은 오해를 풀기 위함이다. 책을 얼마나 읽어야 자신의 삶이 바뀔까 궁금해하는 독자가 너무도 많기 때문이다. 기껏 수백 권도 아닌 수십 권의 책을 읽고 책에서 얻을 것이 없다고 말하는 사람들이 많다. 그런 사람들에게 독서나무의 성장과정과 방법을 알려줌으로써 방황하지 말고 꾸준히 책 읽기를 권하는 마음이다. 여기에 표시된 책의 양은 참고만 하길 바란다. 에머슨의 말을 빌려 이 장을 마칠까 한다.

책이란 잘 이용하면 가장 좋은 것이고, 악용하면 나쁜 것 중에서도 가장 나쁜 것이다.

계독으로
마스터하기

독서의 목적 중의 하나가 변화이다. 자신의 변화는 곧 성장을 의미한다. 의미 있는 변화와 성장을 위해서는 목적 있는 독서를 해야 하고 그만큼의 노력이 필요하다. 책과 자신의 삶이 같은 방향을 향하는 것은 독서를 유익하게 할 뿐만 아니라 책을 잘 읽게 하는 방법이다. 특별히 자신의 관심이나 전공 분야에 집중력을 발휘한다면 그 방면의 전문가로 인정받기 가장 좋은 방법이다. 한 주제에 따라 관련 서적들을 독파하는 것을 계독이라 한다.

이것은 자신의 실질적인 성장에 도움을 주는 독서방법이다. 현재의 직업이나 전공에 따라 책을 읽으면 즉시 효과를 볼 수 있다. 이처럼 쉬운 자기계발 법이 책에 있는데 그 가치를 아는 사람은 그리 많지 않다.

계보에 따라 책을 읽으면 좋은 이유가 또 있다. 자신의 미래 가치를 높이고, 준비할 수 있다는 것이다. 관련 분야의 책을 미리 읽고 준전문가가 되어 활동을 시작할 수 있다. 최고의 전문가들에게서 부담 없이 개인과외를 받는 행위가 계독이다. 이것은 실용적인 독서일 뿐만 아니라 책이 독자에게 직접 주는 중요한 힘이기도 하다.

계독은 한 분야의 전문가가 될 수 있다. 계독의 방법은 먼저 관심 분야의 책 10여 권 정도를 빠르게 통독하고 전체적인 방향을 잡는다. 다음으로 그 분야 최고의 전문가가 쉽게 쓴 책을 읽고 본질을 명확하게 이해하고, 큰 줄기를 잡을 수 있는 개론서 2권 정도를 읽는다. 이 정도 되면 그 분야의 트렌드나 과거·현재·미래를 이해할 수 있다. 다음으론 독서법을 다르게 하여 100여 권 정도를 읽는 것이다. 깊은 사고가 필요한 책은 정독으로, 필요한 부분만 읽는 것이 효과적인 것은 적독으로 읽는다. 일반적으론 정독 20권에 적독 80권이면 어느 정도 준전문가가 될 수 있다.

하지만 여기에서 끝나면 다른 사람과 차별화가 되지 않는다. 자신의 경험과 원하는 미래에 부합하는 경쟁력을 키워야 한다. 인문학과 자연과학이 만나 통섭이 돼야 힘이 되는 것처럼, 새로운 분야를 결합시켜야 힘이 된다. 그런 힘이 될 다른 분야의 책 또한 집중적으로 읽는다면 새로운 전문가로 우뚝 설 수 있다.

 사귀는 벗을 보면 그 사람을 알 수 있듯이 읽는 책을 보면 그 사람의 품격을 알 수 있다. - 스마일즈 책은 나날이 혁명을 유도한다.
진정한 자신의 가치를 찾기 위해
허물을 벗거내도록 일깨우며 큰 사람이 되도록 독려한다.
작고 못난 성품을 반성하게 하고 변신을 꾀하게 만든다.
책은 독자를 리드하는 지도자다.
두려워하지 말고 자신의 치부를 드러내 문제점을 찾아라.

우리에겐
책이 있다

과학이 발달해도
들판의 풀 한 포기 만들어낼 수 없다

01

갓 태어난 아기의 움켜쥔 손은 인간의 욕망을 상징한다고 한다. 하지만 죽을 때 손은 힘없이 펼쳐진 상태로 마음을 비우고 욕망도 놓아버린 채 세상을 떠난다. 이는 누구나 같다. 살아가는 모습은 각양각색이지만 생과 사의 모습은 지위 고하를 막론하고 같다. 자기 몫을 살아가는 개개인의 삶이 더욱 소중한 이유이다.

'카르페디엠'은 라틴어가 어원인데 '현재를 즐겨라!'라는 뜻이다. 지금 이 순간의 소중함을 알라는 의미다. 지나간 시간은 후회해도 소용없고, 미래는 오지 않았으니 미리 걱정하고 두려워할 필요가 없다. 어떤 방법으로 인생을 즐겁고 행복하게 살 수 있을까? 주변에는 좋은 사람, 행복한 사람이 많아 보인다. 하지만 그들 또한 마음 한편에는 아픔과 고뇌가 자리하고 있는 이들이 많다. 사회적으로 성공한 사람도, 혹은 학식이 뛰어난 사람도 현재를 즐기는 절대적 진리를 알지 못한다. 각자가 현재에서 즐겁고 만족스런 삶의 방법을 찾아야 한다. 바로 책에서다.

책은 선각자들이 인류에게 준 선물이다. 장 자크 루소의 『사회계약론』 첫머리에는 "인간은 자유롭게 태어났지만, 어디서나 쇠사슬에 묶여 있다. 노예가 되어 있으면서도 자기가 주인이라고 믿는 자들이 있다"라고 되어 있다. 이것은 천부 인권 사상 "모든 인간은 태어나면서부터 자유롭고 평등한 권리를 가진다"로 귀결되고 프랑스 대혁명과 미국 독립 전쟁의 근거가 되었다. 문명에 대한 격렬한 비판과 인민주권론은 프랑스 대혁명의 사상적 기초가 되었다. 프랑스 대혁명을 계기로 유럽의 봉건 체계가 무너지고 민주주의 사회로 가는 길을 열었을 뿐 아니라 미국 독립의 씨앗이 되었다. 이처럼 책은 인류사회가 전진할 수 있는 원동력을 제공했다.

인류의 위대한 유산을 상속받을 자는 책을 읽는 사람들이다. 상속이란 신분이나 재산, 지위 등을 이어 받는 행위이다. 즉 선각자의 생각과 능력, 통찰력과 창조력까지도 포괄하여 승계를 받을 수 있다. 사업을 하다 보면 작은 비법 하나라도 배우기 위해 애쓴다. 작은 차이가 사업의 성패를 좌우하기에 치열함을 넘어 생존경쟁이 된다. 비법을 전수받는 조건으로 프랜차이즈가 성업 중이다. 장인이나 전문가의 능력은 어느 요소에서나 필요하다. 인생을 산다는 것은 어떤 일이 닥칠지 모르는 망망대해를 건너는 심정인데 등대가 되어주는 전문가의 조언은 그 자체로서 가치가 있다. 책은 인생을 즐기는 노하우를 전수하고 수천 년의 비법을 내림해준다. 돈으로 환산할 수 없는 지식과 지혜를 유산으로 받는 것이다.

> 밥은 하루 안 먹어도 괜찮고 잠은 하루 안 자도 되지만
> 책은 단 하루도 읽지 않으면 안 된다. _마오쩌둥

중국의 마오쩌둥은 책 읽기를 너무 좋아해 1만 5000킬로미터에 달하는 중국 공산군의 고난의 대장정 때에도 쉼 없이 책을 읽을 만큼 독서광이었다. 그 결과 중국을 품고도 남을 만큼의 지혜와 능력을 가지게 되었다. 지금도 중국인들의 마음속에 국부로 남아 있는 그는 일찍이 "내가 평생 가장 좋아한 것은 독서다"라고 말할 만큼 독서에 치중했다.

상속을 받을 사람은 자격을 갖춰야 한다. 부모에게서 받는 유산은 자식이라는 이유로 조건 없이 받지만 책의 유산은 작가의 친자손이라도 쉽게 받을 수 없다. 역설하면 책을 읽지 않는 자는 책에 있는 무한대의 자산을 단 한 푼도 받을 수 없다는 것이다.

쿠텐베르크의 인쇄술이 발명되기 전, 중세 시대 책은 소수의 권력자만 누리는 특권이었다. 그들은 권력을 대물림하는 도구로 책의 힘을 이용했다. 수도원에 있던 책 500권 남짓과 바티칸에 2,000여 권의 장서만으로 세계를 지배하는 강력한 힘을 가졌었다.

책이란 수천 년 동안 인류에게 이용되어야 할 광채가 나는 보물

이다. 시간과 공간을 초월하여 후손들에게 물려주어야 한다. J. 에디
슨은 그 의미를 이렇게 말했다.

> 책은 위대한 천재가 인류에게 남겨주는 유산이며, 아직
> 태어나지 않은 자손에게 주는 선물로서 한 세대에서 다
> 른 세대로 전달된다.

책은 인류에게 남겨준 유산이며, 인류가 다음 세대에게 물려주고
자 하는 문명의 기억전달자이다. 책이 없었다면 문명의 발전은 불
가능했을 것이고 인류의 진보도 그만큼 더뎠을 것이다. 책의 가치
를 알고 바로 이용하는 사람은 유산을 받고 그 자녀 또한 성공적인
상속자로 만든다.

웹상에서 클릭 한 번으로 지식을 알려주는 세상인데 굳이 책을
읽을 필요가 있을까, 반문하는 사람이 있다. 그러나 과학이 아무리
발달해도 들판의 풀 한 포기도 만들어낼 수 없다. 인터넷과 과학이
아무리 발달해도 행복을 꼭 집어 알려줄 수는 없다. 책에서 진리를
탐구하고 대를 이어 내려오는 지혜의 산물을 얻어야 한다. 현재를
즐기는 낙은 책이면 족하다.

책으로
자신의 그릇을 빚어라

"누구에게나 시작은 있다"라는 말은 시작의 중요성과 동시에 늦은 때란 없다는 표현이다. 무언가를 시작할 때 익숙하지 않은 환경과 마주치는 불편함이 있다. 이는 실패에 대한 두려움과 동시에 남들보다 너무 늦은 건 아닌가 하는 의심이 들기 때문이다. 걷지 않으면 뒤처지고 뛰지 않으면 앞서 나갈 수 없는 시대에 무엇보다 자신의 역량을 키우는 것이 중요하다. 역량이란 힘을 키우는 것이다. 특히 보이지 않는 내면의 힘을 길러야 한다. 진정한 힘은 외부로부터가 아니라 내부에서 나온다.

우리는 내면에 작은 옹기를 하나씩 품고 산다. 그 안에 무한한 잠재력과 재능이 담겨 있지만 정확히 무엇인지도 모르고 어떻게 사용해야 할지도 고민스럽다. 70억 지구인들의 손의 지문이 모두 다른 것처럼 각자의 타고난 재능이 다를 수밖에 없다. 소수의 선택받고 노력하는 자들만이 재능을 펼쳐 세상을 이끌어간다. 대부분의 사람은 변화를 두려워한 나머지 재능을 발휘하지 못하고 생을 마감한다. 성공에 대한 확신과 신념이 부족하기에 도전의 고통을 감내하지 못하고 먼저 포기한다. 이에 맹자는 다음과 같이 말했다.

> 하늘이 장차 그 사람에게 큰 사명을 주려 할 때는 반드시 먼저 그의 마음과 뜻을 흔들어 고통스럽게 하고, 그 힘줄과 뼈를 굶주리게 하여 궁핍하게 만들어 그가 하고자 하는 일을 흔들고 어지럽게 하나니, 그것은 타고난 작고 못난 성품을 인내로써 담금질하여 하늘의 사명을 능히 감당할 만하도록 그 기개와 역량을 키워주기 위함이다.

도전과 좌절에 포기하지 않고 힘과 용기를 얻을 수 있는 말이다. 우리의 시작은 연약하여 위험에 대한 대비책이 탄탄하지 못하다. 하지만 인내가 궁극적으로 큰 사람으로 만듦은 알고 있다. 내면에 깃든 자신의 옹기에 담긴 보물을 사용하려면, 아픔을 인내해야 한다. 시간이 오래 걸릴 수도 있다. 하지만 그만큼 성취의 기쁨도 크다. 자신의 재능, 매력, 정체성을 객관적으로 인지해야 한다. 그것은 책을 읽고 자아성찰을 하는 과정에서 발견된다. 진정한 자아를 찾는 것은 세상에서 중심을 제대로 잡고 살아갈 수 있는 행복의 원천이다.

옹기장이는 실패와 시간의 단련 속에서 온전한 그릇을 빚어낸다.

과정이 반복될수록 옹기는 더욱 아름답고 의미 있는 작품으로 변한다. 우리도 내면을 단련해야 한다. 자신을 성찰하고 변화를 추구하는 방법이 책에 있다. 각 분야의 대가들이 자신의 인생과 앎을 책에 녹여냈기 때문이다. 책보다 좋은 스승을 만나기 어렵기에 성공한 사람들은 책의 중요성을 전파한다. 책을 읽을 때마다 자신을 자각하고 성찰하는 시간을 가질 수 있다면 우리는 변화를 꿈꿀 수 있다. 실패에 미련두지 않는 용기를 얻고 남다른 삶의 가치를 추구하게 된다. 때론 책 속 한 문장에서 깨달음을 얻는 경우도 있다.

누구에게나 인생의 시련은 파도처럼 밀려온다. 피할 수 있다면 좋으련만 피할수록 더욱 궁지로 몰아넣는 잔인한 파도다. 피할 수 없으면 즐기라는 말처럼 옷매무새를 단단히 부여잡고 고난과 역경에 맞부딪쳐 보자. 피멍이 들 수도 있고 병원에 실려 갈 수도 있다. 이런 고난이야말로 인생을 참되게 하고 지혜를 깨닫게 한다. 공을 높은 곳에서 떨어뜨릴수록 튀어 오르는 힘이 강해진다. 기쁨도 행복도 성공도 어둠이 클수록 더욱 빛나는 법이다. 고난과 역경 속에 행복과 성공의 씨앗이 들어 있다. 그것을 볼 수 있는 혜안이 필요하다. 그러면 어떤 상황에서도 좌절하지 않고 전진할 힘과 용기를 얻을 수 있다.

책은 나날이 혁명을 유도한다. 진정한 자신의 가치를 찾기 위해 허물을 벗겨내도록 일깨우며 큰 사람이 되도록 독려한다. 작고 못난 성품을 반성하게 하고 변신을 꾀하게 만든다. 책은 독자를 리드하는 지도자다. 두려워하지 말고 자신의 치부를 드러내 문제점을 찾아보자. 내면의 옹졸한 성품을 과감히 깨뜨려 크게 쓰임 받는 자신을 만들어야 한다. 몸이 성장한 만큼 자신에게 맞는 옷을 입는 지혜가 필요하다. 지금에 안주하지 말고 '현재'를 깨뜨려 '미래'를 창조하는 힘을 만들어야 한다.

> 화학자들은 무기물 및 소량의 함유물들의 가치를 아주 꼼꼼하게 합계를 내본 후, 인간의 가치가 불과 몇 달러밖에 되지 않는다는 결론을 내렸다. 또 다른 과학자들은 인간의 정신과 신체에 의해서 이루어지는 정교한 정보 처리 과정 및 학습 능력 등을 고려하여 매우 색다른 결론을 내리기도 하였다. 즉 그만한 기능을 갖춘 기계를 제작하려면 수억 달러 대에 달하는 어마어마한 금액이 필요하다는 것이다.

미하이 칙센트미하이의 『몰입』에 나오는 문구다. 자신을 제대로 이해하지 않고서는 가치를 판별할 수 없다. 책을 읽으면 과거의 자신으로부터 벗어날 수 있다. 새로운 자신의 가치를 검증하고 쌓아가는 것이다. 이제 과감하게 자신만의 새 옹기를 빚을 때다.

책이
곧 마법이다

책은 마법이다. 해리포터 시리즈는 전 세계 독자를 이끌고 마법 세계로 간다. 호그와트 마법학교를 다니며 마법의 약 제조법, 변신술, 마법 방어술, 마법의 역사를 함께 배운다. 빗자루를 타고 퀴디치 게임을 하며 스릴을 느끼고 마법의 돌을 찾기 위해 위험을 감수하며, 악마의 덫에서 탈출할 때는 손에 땀을 쥔다. 거듭되는 신비롭고 환상적인 이 모험의 매력에 감히 책장을 덮을 수 없게 만든다.

책은 우리가 갇혀 있는 세상을 떠나 다른 차원으로 인도해준다. 아침엔 말포이와 함께 동물 수업을 받고, 오후에는 유령 모우닝 머틀을 만나며, 저녁에는 볼트모트를 죽이고 전쟁을 끝낸다. 마법 세계뿐 아니라 미국남북 전쟁의 주요 무대였던 아틀란타의 거리가 군인과 환자로 가득 차 있는 것을 보며, 병원에서는 스칼렛이 환자의 상처를 돌보는 상황도 파노라마처럼 펼쳐진다. 책은 시간과 공간을 초월하는 마법 상자다. 책장을 펼치는 순간 현실의 중력이 사라지고 마법이 시작된다. 소설가이자 라디오 PD인 이재익은 책에 대해 이렇게 말했다.

> 나에게 책이란 무중력 상태를 경험하게 해주는 마법의 도구다. 상상과 욕망을 가로막는 현실 세계의 중력은 책장을 펼치는 순간 사라진다. 공간과 시간이 무한대로 확장되고 나의 삶뿐만이 아닌 수많은 이들의 삶을 체험한다. 현실세계가 답답할 때면 언제나 책을 연다. 일상의 중력을 벗어 던지고 훌훌 날아오른다.

책은 상상과 욕망을 가로막는 현실의 중력이 없다. 삶을 회피하기 위한 행동이 아닌 공간과 시간이 무한대로 확장되고 더 많은 사람들과 관계 맺기가 가능한 공간이다. 현실세계에서는 일어날 수 없는 초자연적인 마법이 책에 있다. 책장을 펼치는 순간 다른 세상으로 가는 스위치를 누른 것이다. 답답한 현실의 무게가 내리 누를 때 책을 읽으면 어느 순간 새로운 세상에 서 있는 자신을 발견하게 된다. 생경한 장소지만 호기심이 발동하고 탐닉하는 재미가 있다. 소파에 눕거나 침대에 누워서 타임머신을 탄다. 시간을 거슬러 올라가기도 하고 미래로 날아가기도 한다. 어느 여행 상품도 책보다 흥미진진할 순 없다. 『피아노』의 저자 재미 소설가 재니스 리는 이렇게 기억했다.

저는 요즘 아이들이 인터넷 게임이나 TV에 빠져 있듯이
책에 빠져 살았는데『작은 아씨들』을 읽고 안락한 벽난
로와 애플파이를 먹을 수 있는 네 자매의 집으로 여행을
떠났고, 인도의 찌는 듯한 정글로 제인 오스틴 소설의
배경이 되는 영국의 저택과 초원의 집이 나오는 동네로
여행을 떠나기도 했다. 또한 로알드 달의 자이언트 피처
속에 살아보기도 하고 고집스러운 지네를 벗 삼아 놀기
도 했다.

　책은 재니스 리를 확장된 세상으로 데려다주는 통로였다. 현실
로는 불가능하지만 책은 그녀에게 시공간의 한계를 넘어갈 수 있는
마법을 주어 상상력을 키웠다. 이렇게 책은 앉은 자리에서 흥미진
진한 일을 경험할 수 있도록 돕는다. 작가는 어느 세계를 가든지 최
고의 가이드가 되어 함께 여행한다. 천년 전의 삶과 문화를 체험하
게 하고 지혜를 배우게 하며, 미래세계를 보여주고 꿈을 생성하게
한다. 시간 여행의 마법으로 인도하는 것이다. 시간은 돈으로 살 수
없고 지나간 과거를 돌이킬 수도 없다.
　하지만 책의 마법은 시간을 지배하고 붙잡을 수 있다. 최첨단 과
학을 앞세워도 단 1초를 붙들어둘 수 없는 시간을 책은 수천 년 동
안 붙잡고 있다. 책은 불가능한 꿈을 실현시킬 수 있는 마법을 일으
킨다. '유레카'라고 외친 아르키메데스는 과학자인 동시에 마법사
다. 그의 마법은 단서조항만 맞으면 언제든 실현 가능하다.

또한 책은 가로막힌 벽으로 올라가는 계단도 있다. 좌절과 고통의 벽은 사람들에게 두려움이고 도전을 포기하게 만드는 요인이다. 하지만 자신보다 앞서 간 사람들이 같은 문제를 경험하고 찾은 해법과 지혜가 책 속에 있다. 정답이 없더라도 상관없다. 정답은 진정한 계단이 아니다. 역경을 이겨내는 것만이 자신의 진정한 재산이 되고, 벽을 계단으로 바꾸는 방법이 된다. 위인들의 삶은 역경 속에서 일궈낸 성공이다. 심한 좌절과 고통을 이겨냈기에 존경받는다. 그들은 모두 벽을 허물고 성공으로 가는 계단을 만들었다. 우리에게도 어디까지든 올라갈 수 있는 계단을 만들 의지가 있어야 한다.

책 속의 체험은 마법 같지만 현실에선 기적이 된다. 책을 읽은 사람들에게 일어난 수많은 기적은 주변에서 빈번하게 찾아볼 수 있다. 3년 만에 만 권의 책을 읽고 의식혁명을 이룬 김병완 작가는 3년만 목숨 걸고 읽으면 해내지 못할 일이 없다고 자신 있게 말한다. 『월든』의 저자 헨리 데이비드 소로는 "얼마나 많은 사람이 독서로 인해 자기 인생의 신기원을 맞이했던가. 그런 책은 우리에게 기적을 설명하고 새로운 기적을 보여줄 기회를 제공하기 위해 존재하는지도 모른다"고 말했다. 책은 독자 스스로 기적을 행할 수 있는 능력을 준다. 책은 기적이 되고 기적은 현실이 된다.

삼국지의 '제갈량'은 유비를 도와 조조의 백만 대군을 물리친 적벽대전의 주인공이다. 적벽에서의 승리는 제갈량의 마법의 승리였다. 배와 배를 잇는 연계환에 화공을 가할 수 있는 바람을 일으킨 것이다. 동남풍이 언제 불어올지 아는 그는 그 시기를 위해 예를 갖추고 군사의 사기를 북돋았다.

책의 마법은 물리적·심리적 한계를 한 순간에 깨뜨린다. 마법의 힘을 사용할 수 있도록 책을 읽어보자. 분명 거인으로 재탄생하는 기쁨을 맛볼 수 있을 것이다. 책은 마법이다. 현실에서는 불가능한 일도 책의 힘을 빌리면 무엇이든 이룰 수 있다. 행복의 마법을 누리는 독자가 되어보자.

쓸데없는 생각이 떠오를 때는
책을 읽어라

04

인간은 영혼과 육체로 나뉜다. 육체와 영혼 중 어느 것이 더 소중한지 따지는 것은 소용없고 영육이 함께 건강해야 수명이 다하는 날까지 행복하게 살 수 있다.

웰빙^{Well-being}은 우리말로 '잘 사는 것', 즉 행복을 뜻한다. '웰빙'에 대한 인터넷 검색을 하거나 관련 책을 보면 건강에 대한 내용이 대부분이다. 어떤 음식이 몸에 좋은지 무슨 운동이 건강에 이로운지 등등. 세심하게 살펴보면 음식과 운동이 건강의 만병통치약처럼 느껴지기도 하지만 현대인들이 생각하는 웰빙과 건강에 대한 관심을 짐작할 수 있다.

'웰빙'은 '잘 사는 것' 더하기 '행복'으로 정신적인 건강이 포함된다. 1인당 GDP가 3만 달러 시대에 못 먹어서 건강을 잃기보다는 너무 많이 먹어서 병이 생기는 시대다. 먹는 걸 조금 줄이고 약간의 운동만 한다면 누구나 좋은 의료서비스 속에서 건강한 삶을 살 수 있다.

인공지능과 지식산업으로 대변되는 4차 산업혁명 시대를 살아가고 있는 우리에게 진정으로 필요한 웰빙은 정신적인 건강이다. 그런데 현대인의 여섯 명 중 한 명이 각종 정신질환을 앓고 있다고 한다. 확대하면 인구의 17%인 850만 명이 중독이나 우울증, 인격장애 등의 마음의 병을 안고 살고 있다. 마음의 병은 과학이 아닌 가슴으로 치료해야 한다.

책은 마음의 양식이다. 인생은 육체가 아닌 정신으로 살아가는 것이다. 정신을 교양 있고 품위 있게 만들지 않고서는 행복할 수 없다. 진정한 행복이란 정신적 자유이다. 육체의 장애는 불편함만 초래하지만 정신의 장애는 죽음을 불러온다. 우리가 정신건강을 위해서 하고 있는 행동이 무엇인지, 할 수 있는 방법이 무엇인지 고민하지 않을 수 없다. 어떤 이는 정신적 스트레스에서 벗어나기 위해 훌쩍 낯선 곳으로 여행을 떠난다. 친구들과 밤새도록 수다 떨기도 하고 술에 의존하기도 한다. 하지만 이는 일시적이고 문제를 회피하는 방법일 뿐이다. 영혼을 건강하게 할 진정한 마음의 양식을 구해야 한다. 바로 책이다. 영국의 윈스턴 처칠의 조언을 들으면 그 의미가 분명해진다.

쓸데없는 생각이 떠오를 때는 책을 읽어라. 쓸데없는

생각은 비교적 한가한 사람들이 느끼는 것이지 분주한
사람은 느끼지 않는다. 한가한 시간이 생길 때마다 유익
한 책을 읽어 마음의 양식을 쌓아야 한다.

유익한 책을 읽고 마음의 양식을 쌓아야 한다. 우리의 가슴 속에
는 채워지지 않는 목마름이 있다. 친구가, 아내가, 남편이 아니 무
조건적인 사랑을 주는 부모조차 해결할 수 없는 두려움과 외로움이
다. 실질적인 인간의 행복은 이런 목마름을 해갈할 수 있는 방법과
능력에 달려 있다. 직접적인 체험과 멘토를 통해 한두 가지 문제를
해결할 수 있다 해도 목마름은 끝이 없다.

나는 책이란 걸 불혹의 나이에 알았다. 그때는 온 세상의 먹구름
이 나를 덮쳐오는 것 같은 아픔이 있었다. 정신없이 무언가에 미쳐
보고 싶었고, 누군가에게 의지하고 싶었으며 술에 취해 슬픔을 잊
어버리고 싶었다. 그 이상의 희생을 치루더라도 마음의 평안을 얻
기를 원했다. 결론은 모든 것이 허사였다. 마지막으로 찾아간 곳이
동네 도서관이었다. 도서관은 나에게 평안을 주었고 목마름을 해갈
할 수 있는 마음의 양식을 무한대로 부어주었다. 도서관은 내 생명
의 은인이자 위대한 스승이었다.

마음이 행복하면 금전적 궁핍을 견딜 수 있고 평안을 유지할 수
있다. 철학자들은 인간의 궁극의 목표인 행복을 주제로 번뇌했지만
니체, 칸트, 소크라테스, 플라톤도 답을 얻지 못했다. 세상엔 절대적
인 진리가 없는 것처럼 절대적인 행복도 있을 수 없다. 상대적 진리

가 있고 상대적 즐거움과 행복이 있을 뿐이다. 하지만 타인과 비교하는 행복은 의미가 없다. 권력과 부를 가졌다 하더라도 욕망은 더 많은 것을 요구한다.

육체가 건강하려면 제때 식사하고 영양분을 골고루 섭취해야 한다. 건강한 영혼을 위해서 거르지 않고 책을 읽어야 한다. 마음의 양식은 자신의 내면을 강화하는 데 필요한 양식이다. 책은 마음의 양식을 공급받을 수 있는 도구다. 책을 읽는다는 건 미래를 만들어가는 것이다. 편식하면 영양의 불균형을 초래하듯 좋아하는 책만 봐서도 안 된다. 고전이나 인문과학 같은 주영양분을 섭취하고 영양 보충을 위해 실용·예술서 등을 간식처럼 골고루 먹어야 한다. 책은 마음의 영양분이 되어 삶에 활력소가 된다. 문화인의 본질은 교양과 품위다. 남에게 보이기 위한 외형상 관리가 아니라 삶의 본질을 탐닉하는 것이다. 삶의 문제들을 해결할 수 있는 교양은 내면에서 키워지는 것이며 품위는 타인에게서 존중받을 때 나타난다. 이들의 합이 우리의 인격이 되고 삶이 된다.

많은 이들은 책을 양식이 아닌 약으로 생각한다. 자신이 처한 위기를 극복할 명약을 얻기를 원한다. 간혹 좋은 책이 치유를 줄 수도 있지만 책은 약이 아닌 마음의 양식이 되어야 한다. 육체의 상처는 필요한 약으로 처방할 수 있으나 마음속 깊이 상처받은 영혼은 병명이나 상처부위를 알 수 없다. 문제를 알 수 없으니 상처를 치유하는 것도 쉽지 않다. 책을 읽음으로써 위로를 받았을 때 또는 자신감을 얻을 때 생겨난 용기로 마음을 치유할 수 있다. 마음의 양식은 몸과 마음을 튼튼하게 만듦으로써 행복한 삶을 영위할 수 있게 도와준다. 자신이 겪어보지 못한 삶에 체험의 지혜를 주고 간절한 목마름에 한 줄기 소낙비처럼 시원한 위로와 용기를 건네며 해갈시켜준다.

로마의 정치가이자 시인인 키케로의 "책은 청년에게는 음식이 되고 노인에게는 오락이 된다. 부자일 때는 지식이 되고 고통스러울 때면 위안이 된다"고 했다. 책은 누구에게든 마음의 양식이 되어준다.

말 한 마디로
품격을 높여라

05

　사회라는 공동체는 인간에게 안정과 즐거움의 원천이자 불안과 고통의 근원이 될 수 있다. 이런 사회를 지탱하고 연결하는 것이 언어다. 사회와 개인 간의 원활한 소통뿐만 아니라 개인과 개인 간의 긴밀한 관계 유지를 위해 꼭 필요한 수단이다. 언어의 잘못된 선택은 화를 불러올 수 있고 오해를 일으킨다. 언어수단이 발달할수록 공동체와의 관계는 원만해진다. 서로의 교감을 통해 공통의 이익을 찾으려는 수단으로서 언어는 소중하다.

　언어는 생각이나 의견을 전달하기 위한 음성, 문자, 몸짓 등을 아우른다. 음성 언어, 문자 언어, 몸짓 언어 등으로 불리며, 개인의 인격을 나타내는 인품의 결정체다. 사람의 인품을 볼 때 행동을 유심히 살펴보기도 하지만 말에도 귀 기울인다. 언어가 그 사람의 품격을 담고 있기 때문이다. 말하는 태도나 사용 언어의 수준으로 격을 판단한다. 자기 얼굴에 책임을 져야 하는 사십대가 아니더라도 우리의 얼굴과 태도는 지나온 삶의 흔적을 고스란히 비치는 거울이다. 행동을 속일 순 있어도 음성 언어의 품격까지 속일 수는 없다. 사용하는 언어를 보면 그 사람의 가치관이나 관점, 세계관을 판단할 수 있다. 언어는 인격을 보여주는 수단이므로 잘 사용하기 위해서는 어휘력을 높이고 격조 있게 사용해야 한다.

책은 언어의 저수지다. 작가가 평생 모아 둔 자신만의 언어의 저수지에서 엄선해 고른 언어로 가득 차 있다. 단어 하나하나에는 작가의 삶과 사상이 고스란히 녹아 있다. 책을 읽으면 작가의 품격을 읽는 것이다. 책을 읽다 보면 우리는 자신도 모르게 작가의 성품을 닮아간다. 그들이 가진 언어의 저수지는 넓고도 깊다. 책을 읽으면 우리의 영혼을 울리는 품격을 느낄 수 있다. 좋은 책이 가져다주는 아름다운 울림이다. 책을 읽을수록 자신의 언어의 저수지는 넓고 깊어진다.

우주를 표현하는 방식이 인간에겐 많지 않다. 단순히 '우주'라고만 표기하기엔 그 한계성이 아쉬워진다. 사람은 아는 단어만큼 생각할 수 있다. 표현되지 않으면 존재하지 않는 것이나 마찬가지기 때문이다. 같은 시간과 장소에 있었지만 각자가 표현하는 경험의 질이 다른 것은 서로가 가진 언어의 한계 때문이다. 아는 만큼 생각할 수 있다. 알고 있는 언어의 수만큼, 언어의 품격만큼 우리는 이해할 수 있고 인격을 갖출 수 있다. 자신 안의 언어의 저수지가 작다면, 생각이 좁고 감정 표현이 모자란 사람이 된다. 자신의 어휘력만큼 사유할 수 있다면 언어의 저수지를 넓히는 데 힘을 기울여야 한다. 다양하고 고차원적인 책을 읽는 것이 유용하다.

> 위대한 시인의 작품은 아직 인류에게 읽힌 적이 없다.
> 그것은 위대한 시인들만이 위대한 작품을 읽을 수 있기
> 때문이다.

헨리 데이비드 소로의 말처럼 위대한 시인의 작품은 언어의 깊이가 다르고 그 깊이를 헤아릴 수 없다. 쉽게 이해하기 어렵다. "언어는 다른 누구보다 시인이 가장 괴롭게 느끼는 결손이요 이승의 짐이다. 때로 시인은 이를 정말로 증오하고 비난하며 저주를 퍼붓는다." 헤르만 헤세는 『독서의 기술』에서 시인들이 자신의 철학과 삶이 묻어있는 글귀를 표현하고자 얼마나 노력하는지 보여주었다.

낯설고 색다른 언어나 표현이 내면에 들어오면 상상력과 창조력이 더불어 늘어난다. 상상력이란 실제로 경험하지 않은 현상이나 사물에 대해 그려 보는 힘이고, 창조력은 새로운 것을 만들어내는 힘이다. 새로운 것을 접했을 때 표출된다. 즉 한 권의 책을 읽는다는 건 지식을 얻는 것뿐만 아니라 이색적인 생각과 언어를 접하는 것이다. 다른 관점을 가진 작가의 생각과 만나는 일이며 새롭게 정의된 언어들과 조우하는 것이다. 기존에 가졌던 자신의 언어와 결합하거나 융합작용을 거쳐 발상의 전환을 이끈다. 우리는 이것을 창

의력이라고 한다. 창의력은 낯섦에서 나온다. 낯선 환경, 낯선 생각, 낯선 언어에서 만들어진다. 궁극적으로 문자의 집합체인 책의 언어를 통해 독자에게 전달되는 형식이다. 이어령 교수는 『서른 살 직장인 책 읽기를 배우다』에서 언어가 주는 힘을 완벽하게 표현했다.

어떤 시를 읽고 나면 그 다음 날 해가 뜨는 게 달라 보입니다. 책을 읽으면 일상에서 그런 변화가 생깁니다. 어느 책에서 어떤 언어가 쓰인다면 그 언어는 새롭게 탄생돼요. 그래서 독서란 책에서 그런 언어를 발견하는 것, 언어가 떠오르는 것, 마음속 숨어 있던 생각의 껍질을 벗기는 거예요. 그렇게 하지 않으려고 해도 읽으면서 접한 언어가 저절로 재발견되고 기존 의미와 배반되고 새롭게 태어나는 거죠. 그런 점에서 책 읽기는 정말 '전인적 투신'이라고 할 수 있어요. 일상 언어의 총체가 책 속에서 저자의 언어와 부딪치면서 새롭게 이뤄지는 거죠. 그래서 독서가 전인적인 행위라는 거예요. 독서광까지는 아니더라도 누구나 그 강도가 다를 뿐 그런 행위를 연속적으로 하는 것이 바로 진짜 독서입니다.

그는 단순히 읽기만 한 것이 아니고 단어 하나하나와 치열한 전쟁을 했음을 느낄 수 있다. 언어는 과히 혁명적인 힘을 가지고 있다. 풍부한 언어는 자신의 삶을 풍요롭게 한다. 어휘력이 부족하면 생각의 폭도 좁아지게 된다. 생각하는 힘인 사고력도 알고 보면 언어의 힘이다. 사고력이 높은 사람이 판단을 잘한다. 지식의 힘이자 어휘력의 발로다. 말에는 자신의 인격이 고스란히 배이기 마련이다. 풍부한 언어는 자신의 인격을 높이고 삶의 질을 높일 수 있다. 자신이 사용하는 언어는 곧 자신의 가치관과 세계관을 결정한다. 책이란 작가가 가진 언어의 보고이다. 읽는 것만으로도 어휘력을 높여주고, 사고력을 향상시키며, 통찰력을 길러주어 삶을 풍요롭게 한다. 책을 읽어야 하는 이유가 여기에 있다.

언어는 인간만의 특징이다. 인간답게 살기 위해서는 언어를 잘 활용해야 된다. 가치 있는 생각은 좋은 언어에서 나온다. 가치 있는 생각은 올바른 행동으로 이어지고 품격을 높인다. 풍부한 어휘력을 가지고 있는 사람이 격조 있는 언어를 사용할 수 있다. 언어의 저수지인 책을 많이 읽는 사람이 습득할 수 있으며 활용할 수 있다. 결국 훌륭한 인격의 소유자는 언어의 수준이 높고 깊다. 책을 읽는다는 것은 지혜를 얻고 자신의 인격을 높이는 일이다.

위대한 스승을
만나는 방법

한 사람이 태어나서 죽을 때까지 어느 정도의 지식을 습득하고 지혜를 얻어야 인간다운 역할을 할 수 있을까. 초·중·고등학교까지만 배워도 사는 데 문제가 없지 않을까. 대학을 나오고도 평생교육을 받고 있는 사람은 왜 끊임없이 공부를 하는 것일까. 배움에 대해 생각하면 풀리지 않는 의문으로 가득 찬다. 누구는 책만 많이 읽으면 모든 꿈을 이룰 수 있다고 독서를 독려하고, 누구는 책을 읽지 않아도 사는 데 전혀 지장 없다고 한다. 과연 어느 말이 옳을까. 불행히도 우리는 어느 것이 옳은지 구별할 능력이 없다. 교육은 미래를 아는 중요한 열쇠다. 또한 누가 이끌어주느냐에 따라 인생이 달라지기도 한다.

『공부의 즐거움』의 칼 비테는 출생부터 순탄하지 못했다. 그의 어머니가 임신 9개월째에 실수로 발을 헛디뎌 넘어지는 바람에 한 달 일찍 조산하였고 탯줄이 목에 감겨 생명이 위태롭게 태어났다. 이런 경우 아이가 살 수 있는 확률이 거의 없고 산다고 해도 선천적인 장애를 갖게 될 수 있다는 것이다. 태어난 아이가 다른 아이들보다 반응이 느리다는 사실을 알고 검사를 반복한 끝에 그는 저능아로 판명된다. 반면에 옆집 농부의 집에 비슷한 또래로 태어난 아이는 동네 사람 모두가 총명하다고 인정했다. 하지만 칼 비테의 아버지는 당당하게 말했다. 우리 아이가 농부의 자식보다 훨씬 성공적인 삶을 살 것이라고. 결과적으로 농부의 아이는 커서 아버지의 대를 이은 농부가 되었고 칼 비테는 세계적인 교육전문가가 되었다.

이는 그의 헌신적인 사랑뿐만 아니라 어떤 스승을 만나느냐에 따라 인생이 달라질 수 있음을 확연하게 보여준 사례라 할 수 있다. 우리는 물론 목사인 칼 비테의 아버지처럼 늘 책을 끼고 살며, 박학다식하다면 좋겠지만 그런 부모를 선택해서 만날 수도 없고 주변에서 그런 인물을 찾기도 불가능하다. 가능한 방법이 있다면 그건 책이다.

스승은 깨달은 지혜가 많은 사람으로 자기를 가르쳐서 인도하는 사람을 일컫는다. 때론 나이와 상관없이 스승으로 모실 만한 사람도 있지만 경험과 나이에서 오는 지식과 지혜를 존중하지 않을 수 없다. 자신이 경험하지 못한 삶을 먼저 살아보고 생생하게 경험을 말해주기에 시행착오를 겪지 않게 도와준다. 하물며 수백 년, 수천 년의 지혜를 품은 사람이 있다고 한다면 어떻겠는가. 책 한 권을 쓰기 위해선 독서량이 일정 수준을 넘어야 하고, 해당 분야의 자료를 얻기 위해서는 도서관을 다 뒤질 만큼 방대한 자료를 모으고 사색한다. 한 분야의 전문가가 되기 위한 대학 4년 동안의 지식 총량을 책으로 따진다면 100여 권 정도라고 한다. 작가가 책을 쓰기 위해선 500권 이상의 책을 읽고 쓴다. 책 속에는 한 작가만의 지혜가 아닌 수많은 작가의 생각과 경험이 녹아 들어가 있다. 또한 책은 무수한 경쟁과 오랜 세월의 풍파를 이겨냈기에 검증을 끝마친 경험들이다. 급진적 과학의 발달로 쓸모없어지는 기술과 정보가 수두룩하고 절대적이라고 여겼던 진리들이 의심되는 이때에 책은 가르침을 주고 인생의 방향을 알려준다.

원인 없는 결과가 없듯이 훌륭한 사람 뒤에는 반드시 위대한 스승이 있다. 누구에게는 인내의 고통이, 누군가에게는 부모와 선생님이, 더러는 친구가 스승이 될 수 있다. 하지만 고통을 통해서 배우기엔 우리의 삶이 너무 짧고, 자기 자식은 가르칠 수 없다는 통념이 있듯이, 아가페적인 사랑을 주는 부모가 스승의 역할을 감당하기는 쉽지 않다. 세상의 모든 것으로부터 배우고 깨닫기엔 우리 자신이 너무 부족하다. 칼 비테에게는 훌륭한 아버지가 있었지만 그에게 가장 위대한 스승은 책이었다.

내가 처음 만난 위대한 스승은 『성공하는 사람들의 7가지 습관』을 쓴 스티븐 코비 박사였다. 요즘 젊은 사람들 사이에는 서구의 개인주의가 만연해 더치페이는 기본이고 남에게 피해가 되지 않으면 어떤 것도 할 수 있다는 의식이 팽배하다. 서구의 합리적이고 이성적인 사고에서 비롯되어 현재는 지배적 의식이지만, 그 당시 '정' 문화라는 유교적 삶을 살아 온 나에게는 불편한 진실이었다.

7가지 습관 중 가슴속 깊이 파문을 일으킨 습관은 '원원전략' 또는 '상생'을 말하는 내용이었다. '상생'은 서로 이득이 되는 삶을 말하는 것으로 어렵지 않게 이해될 수 있는 내용이다. 하지만 서구의 합리적인 시각에서 본 '원원전략'은 동양의 유교적 관점에서의 '상생'과는 차이가 있다. 정을 소중히 여기는 동양에서는 친구의 부탁을 거절하기가 쉽지 않다. 내가 손해를 보더라도 기꺼이 친구의 부탁을 들어주는 것이 동양의 '정' 문화다.

'원원'은 서로 이득이 돼야 하는 것인데 사업이란 언제나 서로에게 이득이 될 수 있는 것은 아니다. 한 쪽만 이득을 보는 경우도 많다. 그렇다면 이때 어떻게 해야 할까. 내가 좀 손해를 보면 될까, 아니면 기업의 목적은 이윤이니 절대로 손해 보는 짓은 하지 말아야 하는가. '정' 문화를 토대로 살아온 사람은 남에게 손해 끼치는 것보다는 차라리 자신이 좀 손해를 보면 된다고 생각한다. 하지만 스티븐 코비 박사는 이런 거래를 원치 않는다. 타인이 손해를 봐서도 안 되지만 자신에게 불리해도 안 된다는 것이다. 그는 원원이 될 수 있는 방법을 찾으라고 말한다. 아무리 찾아도 방법이 보이지 않는다면 과감히 거래를 중지하라는 것이다.

『성공하는 사람들의 7가지 습관』을 읽은 후부턴 어떤 거래든 서로에게 도움이 될 수 있는 방법을 먼저 찾게 됐다. 어려울 것이라고 생각되었지만 대부분의 거래에서 쉽게 찾을 수 있었다. 방법을 찾지 못한다면 당연히 찾을 때까지 거래를 연기하거나 중단하면 된다. 미리 불행의 씨앗을 제거하는 방법이라 단기보다는 장기적으로 개인이나 기업 간 거래에서 시도하면 좋은 방법이다. 요즘 젊은이들은 당연한 것 아니냐 하고 묻겠지만 그 당시 나는 망치로 머리를 몇 대 맞은 것 같은 충격을 받았고 지금은 생활 속에서 부단히 활용하고 있다. 스티븐 코비 박사는 책에서 만난 내 첫 번째 위대한 스승이다.

> 좋은 책은 항상 우리에게 무언가를 주면서도 정작 자신
> 은 아무것도 요구하지 않는다. 책은 우리가 듣고 싶어
> 할 때 말해주고, 우리가 피곤을 느끼면 침묵을 지켜준다.

파울 에른스트의 말이다. 책이란 스승은 큰 가르침을 주면서도 어떤 대가도 원하지 않을 뿐 아니라 자신이 필요할 때 함께 있어주고 홀로 있기를 원할 때는 침묵을 지켜준다. 스승이 사라진 시대에 책만큼 위대한 스승은 없다.

인공지능 시대에
진정한 권력자는 어떤 사람인가

07

영국의 정치가이자 철학가인 프랜시스 베이컨은 "아는 것이 힘이다"라고 말했다. 그는 인간의 능력은 자신이 알고 있는 지식과 일치한다는 것이다. 스스로 입증하듯 지식과 권력 양쪽에서 최고의 자리까지 올랐다. 그는 니콜라스 베이컨 경의 다섯째 아들로 태어나 아버지의 뒤를 이어 옥새상서와 대법관을 함께 지낸 영국의 지성이다. 베이컨은 지식으로 인간과 자연을 지배하고자 했다. 지식은 인간을 지배할 수 있는 권력을 그에게 주었고 또한 자연을 지배함으로써 이성이 신앙을 이겨내도록 사람들을 계몽했다.

그는 스스로의 삶을 통해 '지식이 곧 권력이다'는 말을 실현했다. 지식이 권력이라는 말은 곧 '책은 권력이다'는 의미와 같다. 지식의 원천이 곧 책이기 때문이다. 권력은 작은 곳에서부터 영향을 미친다. 책을 읽으면 먼저 자신의 내면을 긍정적이고 포용적인 마음으로 변화시키고 작고 부족한 능력이지만 크게 쓰임 받는 인재로 변화시킨다. 책으로 내면이 강건해지면 힘은 밖을 향한다. 온갖 부조리와 모순을 비판하고 저항할 수 있는 능력이 되고 미래에 올 역경을 이겨내는 지혜가 된다. 책을 읽으면 스스로 강해지고 삶에 대한 주도권을 갖게 된다. 책은 권력이지만 국가나 집단의 힘만을 의미하지는 않는다. 개인의 일상에서 책이 주는 힘은 적지 않다. 말 한마디가, 한 문장, 한 문단, 한 편의 글이 사람을 바꾸고 세상을 바꾸는 것이다.

인공지능 시대를 살아가는 시대에 손가락만 까딱하면 무한한 정보가 눈앞에 나타나고 인공지능 스피커가 질문에 답변해주는 시대에 살고 있다. 소셜 네트워크의 발달로 실시간으로 정보를 주고받으며 대화할 수 있다. 이런 세상에서 진정한 권력자는 누구일까. 적든지 많든지 권력을 쥐고 있는 사람은 분명히 존재한다. 콘텐츠를 가지고 있는 사람 중에서도 좋은 콘텐츠를 가지고 있는 사람이 있다. 좋은 콘텐츠는 진솔하고 유익하게 전달하는 내용이 많다. 단순히 정보를 찾아 알려주는 전달자는 고마울 뿐이지 권력자는 아니다. 인터넷 매스미디어를 통한 글의 힘은 권력이 된다. 책을 통해 세상을 바꾼 수많은 위인들과 부자들을 열거하지 않더라도 우리 주변의 권력자들 대부분이 지식의 권력을 휘두르는 것을 볼 수 있다. 다시 말해서 지식 부자들이 모두 권력자가 되는 것은 아니지만 권력자는 지식 부자가 많다.

컴퓨터는 하드웨어보다 소프트웨어가, 소프트웨어보다는 콘텐츠가 중요하다. 슈퍼컴퓨터가 발전하고 프로그램이 발전한다 해도 결국 가치를 생산하는 것은 콘텐츠다. 콘텐츠의 내용은 책을 통한 지식의 습득과 통찰력의 산물이다. 생각을 담아 올바르게 쓴 한 문장은 값으로 따질 수 없는 가치가 있다. 좋은 문장 하나가 사람을 바꾸고 사회를 변화시키는 무서운 파급효과를 가지고 있다. 내용이나 반향에 따라 세계를 넘나들 수 있는 세상이 되었다. 글의 강력한 힘은 책에서 얻을 수 있다. 중요한 문서는 기록으로 남겨두는 정보화사회에 맞게 글을 잘 쓰는 사람의 가치는 더욱 올라가는 시대가 되었다.

책은 권력이 된다. 책을 읽으면 적확한 단어를 사용해서 말할 수 있는 힘이 생긴다. 논리적이고 사색적인 글은 모임이나 사회의 리더로 나가는 발판이 된다. 토머스 제퍼슨은 미국 독립선언서를 작성하기 전까지는 별로 주목받지 못했지만, 1776년 7월 4일에 있었던 대륙회의에서 독립선언서를 채택하고 공포함으로써 미국 민주주의를 상징하는 인물이 되었을 뿐 아니라 미국의 3대 대통령이 되었다. 그의 힘은 두말할 필요 없이 책에서 나왔다. 권력의 세기를 막론하고 책은 우리에게 삶을 살아가는 데 소중한 힘이 된다. 힘들고 지쳤을 때 위로가 되고, 넘어지고 방황할 때 용기를 주고 옳은 길로 인도해준다. 책은 우리에게 권력을 주는 동시에 자유도 준다. 자유는 힘이 있을 때 온전히 누릴 수 있는 것이기 때문이다. 더 많은 자유를 위해 더 많은 책을 읽어야 한다.

    지식의 원천은 예나 지금이나 책이다. 정제되지 않고 숙고되지 않는 지식은 지혜가 될 수 없다. 책은 독자에게 오기 전 수정되고 정제된 글이며 작가의 상상력과 창조력이 숙성시킨 논리적인 결과물이다. 단편적인 지식이 아닌 통섭적이고 융합적인 지식이다. 또한 독자의 사고와 연결되어 새로운 창조물로 탄생하기도 한다.

세상이 말해주지 않는 것을
들을 수 있다

08

　세 명의 가물치 장사꾼이 있었다. 아침에 같은 양의 가물치를 공급받아 파는데 두 장사꾼은 다 팔지 못하는 경우가 허다해 늦은 저녁에나 싼 가격에 다 팔고 돌아오곤 했다. 하지만 한 장사꾼은 빠른 시간 내에 모두 제값에 팔고 이윤까지 충분히 남기고 돌아오는 것이었다. 궁금하게 여긴 두 장사꾼은 자기들과 다를 바 없는 똑같은 항아리에 함께 공급받은 가물치를 잘 팔 수 있는 비결을 물었다. 그는 말없이 항아리 뚜껑을 열고 안을 보여주었는데 시커멓고 큰 메기 한 마리가 가물치들을 뒤쫓고 가물치들은 끊임없이 요동치고 있었다. 활력 있고 싱싱한 가물치로 보이도록 하는 게 장사비법이었던 것이다. 같은 시간과 장소에서 똑같은 물건을 팔더라도 더 잘 파는 사람이 있다. 근면과 노력이 중요한 요소이기는 하나 보이지 않는 자신만의 노하우가 있는 사람이 성공한다. 인생에서도 마찬가지다. 인생은 넓고 깊어서 머리로는 도저히 이해 불가능한 영역이 많다. 하지만 각 분야에서 일가를 이룬 사람들에게는 나름의 비법이 있다. 하지만 "가장 중요한 것은 아무도 가르쳐주지 않는다"는 말이 있듯이 성공 노하우는 비밀로 하기 쉽다.

자신이 목표로 한 일을 성취했을 때, 또는 사람들이 열망하는 목표를 이뤄냈을 때 '성공'이라 말한다. 좁은 의미의 성공은 충분히 달성할 수 있지만, 넓은 의미의 성공은 생존본능의 격전을 치루지 않으면 안 된다. 절대적 자기만족이 아니라 상대성을 가진 만족일 경우가 많으며, 인간적인 본성보다는 욕망이 요구되는 성공이다. 남보다 앞서야 하고 남의 고통에 무신경하고 상대를 쓰러뜨리지 않고는 달성할 수 없는 이기적인 본성이다.

나는 오래 전에 중국의 3대 역사서라 불리는 『사기』, 『자치통감』, 『십팔사략』을 6개월에 걸쳐 읽은 적이 있다. 책마다 수천 페이지에 달하는 방대한 분량일 뿐만 아니라 수많은 인물과 사건이 기록되어 있다. 수천 년 중국의 흥망성쇠를 보면서 세상의 이치와 인간의 본성을 적나라하게 보았다. 권력이 어떻게 탄생하고 유지되는지 확연히 파악했다. 유교를 근간으로 나라를 다스려온 전통은 중국이나 우리나라나 똑같다. 장유유서와 충효를 숭상하는 유교는 개인의 능력과 욕망을 차단하는 역할을 한다.

국가를 유지하고 사회의 평안을 위해 우리는 사회와 계약을 한다. 관습이나 문화가 그 기본이 되는 경우가 많은데 동양에서는 공자의 『논어』를 바탕으로 한 '유교'가 그런 역할을 수행해왔다. 공자의 사상을 진리로 여기고 사당까지 지어 예를 갖추는 사람이 있는가 하면, 유교는 쓰레기니 버리라고 말한 중국의 지성, 루쉰 같은 사람도 있다. 그는 "유교 도덕은 인간이 만든 것으로, 위가 아래를 제압하고 아래가 위를 받들지 않을 수 없도록 하기 위한 것이다"라고 말했다. 이것은 불평등과 부자유한 사회를 비판한 말이다. 계급과 형식을 중요시 하며 실용적이지 않는 그런 학문 때문에 청나라의 노예가 되었고, 또다시 서구 열강의 지배를 받는 처지가 되었다는 말이기도 하다.

    역사서는 지혜의 보고다. 진시황제가 천하를 통일하는데 일등공신이 사마천의 『사기』에 나와 있다. '이사'라는 이름을 가진 그는 초나라 사람으로 작은 마을의 초급 관리로 일하고 있었다. 어느 날 뒷간에 볼일을 보려고 갔는데 날렵한 생쥐 한 마리가 자신을 쳐다보더니 정신없이 줄행랑을 쳤다. 그는 잠시 동안 자신이 위대한 인간이라는 마음이 들었다. 잠시 후 곡식을 확인하러 곡간에 들어선 이사는 그만 넋을 잃고 말았다. 곡식 한가운데 있던 생쥐가 자신을 멀뚱멀뚱 쳐다보며 도망 갈 생각을 전혀 안 하는 것이었다. 뒷간 쥐에 비해 몸은 두 배로 크고 기름기가 넘쳐흐르는 모습이었다. 이사는 당장 초급 관리직을 그만두고 가장 변화한 진나라의 한양으로 갔다. 그리고 가장 힘 있는 정승의 식객이 되어 자신을 연마하고 훌륭한 사람과 교류한 후 명재상이 되었다. 이사는 생각했다. 미물인 생

238

쥐조차도 환경에 따라 변화하는데 만물의 영장인 인간은 오죽하겠는가, 라고.

가장 중요한 것은 아무도 가르쳐주지 않는다. 하지만 책은 말없이 전해준다. 깊이 궁리하고 뼛속 깊이 새기는 책 읽기에서 세상이 말해주지 않는 것을 들을 수 있다. 아무도 가르쳐주지 않는 것을 알아야 하는 이유는 그것이 세상 돌아가는 이치고 인간의 원초적 본질에 관한 대답이기 때문이다. 세상을 모르고 자신을 알지 못한다면 어떤 것도 이룰 수 없다. 책을 읽으면 아무도 가르쳐주지 않는 중요한 비밀을 알 수 있다.

모래는 건물을 지을 때 콘크리트의 주요 재료로 사용되기도 하고 최근에는 실리콘의 원료로써 가정뿐만 아니라 산업재로도 쓰인다. 반면 다이아몬드나 진주 같은 귀금속은 실생활에 별반 쓰임이 없고 인간의 허영심을 채우는 데 불구하지만 가장 값어치 있는 물건이다. 우리가 귀중하게 여기는 본질이 무엇인지 생각해봐야 한다. 고독하게 자신을 돌아보고 책을 읽기를 바란다. 보석으로 꾸미지 않아도 3년 후 당신의 얼굴에는 광채가 빛나고 삶은 더욱 윤택해지리라 확신한다.

독서는 과학이고
'지적 자유인'의 식량이다

"신은 죽었다"는 니체의 말에 유럽의 종교는 엄청난 회오리에 빠졌다. 사람들은 인간의 자유의지를 의식하게 되었고 무지와 어둠에서 벗어나 깨침의 빛으로 나아가는 계몽의 시기와 마주쳤다. 어떤 전통적 관습이나 질서, 도덕에 대한 비판적 사고가 계몽의 핵심이었다. 이것은 유럽의 맹신적 신앙에 경종을 울렸고, 이성적이고 합리적인 사고를 바탕으로 한 산업혁명을 부추기는 불쏘시개가 되었다. 사회 변혁은 혁명이나 초인의 등장으로 가능해진다.

우리는 누구에게도 구속 받지 않는 자유로운 삶을 원한다. 또한 자신의 굴레나 관습으로부터 해방되기를 바란다. 자유롭게 되고 싶은 욕망이 크면 클수록 현재 자신의 상황이 노예 같은 삶을 살아가고 있다는 사실을 반증한다. 노예의 삶이란 자신의 의지와는 무관하게 주인이 시키는 대로 일하는 운명이다. 우리 삶 속에서 노예의 주인이란 외부적인 환경 외에 자신의 습관, 고정관념, 자신의 굴레, 절망 등이라 할 수 있다. 삶에 익숙해질수록 노예적 생활은 고착되고 희망은 연기처럼 사라진다. 절망의 고리를 끊어버리지 못하면 영원히 노예 같은 삶을 살아갈 수밖에 없다.

진정한 자유는 위계 사회의 편익도 포기해야 한다. 자유를 포기하고 위계질서의 관습에 얽매여서는 안 된다. 우리는 자유의지를 발동해야 한다. 니체는 『차라투스트라는 이렇게 말했다』에서 "복종하는 자는 결코 자신의 내면에 귀를 기울이지 않는다"고 말했다. 이 말은 복종이 습관화되어 자유를 잃어버렸다는 의미다. 책을 읽는다는 건 자유를 읽는 것과 같다.

책은 노예 같은 삶을 끊어버리고 주인으로서 자유로움을 만끽할 수 있도록 만들어준다. 노예의 삶에서 벗어나고 싶어도 자신이 노예인지도 모른다면 방법을 찾을 수 없고 자유도 찾을 수 없다. 안타깝게도 많은 사람이 자신이 노예적인 삶, 수동적인 삶을 사는지 인지하지 못하고 살아간다. 심지어 가정에서 직장에서 친구 간에도 종속된 것 같고 무엇인지 알 수 없는 중압감을 느끼긴 하지만 얽매였다고는 생각하지 않는다. 하지만 삶의 무게가 더해졌을 때는 어디론가 떠나거나 모든 것을 훌훌 떨어버리고 싶은 심정이 된다. 이런 상황이나 감정에서 자유로운 방법을 구할 수 있는 것은 책밖에 없다. 책 속에는 지혜가 담겨 있고 철학자, 위인, 전문가 들이 우리의 문제를 함께 고민하고 해답을 준다. 행동하는 지식인이자 양심적인 인간의 표상인 리영희 교수는 저서『새는 좌우의 날개로 난다』
의 '나의 독서편력'에서 독서는 자유인이고 싶은 끊임없는 노력이
라고 했다.

> 지금의 독서는 다르다. 그것은 한마디로 '자유인'을 목표
> 로 하는 모두의 노력이다. 자유인이 되고자 하는 염원에
> 서 출발하는 누구나의 제한 없는 자기 창조의 노력이다.
> 조금 어렵게 표현하면, 사람은 독서를 통해서 물질적 조
> 건과 사회적 제약에도 불구하고 스스로 자유로운 결정
> 을 할 수 있는 존재가 되고, 자유로운 존재로서의 자기
> 에게 필요한 상황을 창조할 수 있는 능력을 획득할 수
> 있다. '자유인'이란 무엇인가? 무지와 몽매와 미신의 굴
> 레에서 자유로워진 인간이다. 고대 인간이 물질적 법칙
> 과 현상의 원리를 깨우치는 긴 과정을 통해서 오늘의 물
> 질적 자유인이 된 과정이다. 무지로 말미암은 미신에서
> 의 자유가 곧 독서의 기능이었다. 독서는 곧 과학이었고
> '지적 자유인'의 식량이었다.

그는 과거의 독서가 지배자와 소수의 관료적 엘리트를 위한 입신
양명의 수단이었으나 지금은 만인이 자유인으로 살아가기 위한 식
량이라고 말한다. 책은 곧 자유를 의미하는 것이다. 누구나 자유로
운 인생을 원하지만 현실은 녹록하지 않다. 자유는 외부적인 구속

이나 무엇에 얽매이지 아니하고 자기 마음대로 할 수 있는 힘을 가졌을 때 누릴 수 있다. 먼저 자본주의 속성인 경제적 예속으로부터 벗어나야 한다. 정치, 종교, 윤리적 억압으로부터 자유로워야 하고 타인의 구속에서 해방되어야 온전한 자유인이 될 수 있다. 작게는 생각의 자유분방함이 필요하고, 행동의 구속이 없어야 하고, 시간과 공간의 제약을 받지 않을 때 자유인으로서의 삶을 제대로 누릴 수 있다. 이렇게 온전한 자유는 오직 독서밖에 없다. 자기 통제와 깊은 통찰력이 있어야 가능한 것이기 때문이다. 독서의 목적은 자기 성찰과 정확한 통찰력을 통한 문제해결 능력의 확장에 있다.

독서는 외부적인 구속만이 아니라 자신에 대한 억압으로부터 자유롭게 만든다. 니체는 "독서는 나를 나 자신으로부터 해방시킨다"라고 말했다. 자유 또한 외적인 요소보다 자신의 내면으로부터 오는 자유가 더 소중하다. 자신에겐 두 개의 자아가 있다. 긍정적인 자아와 부정적인 자아이다. 행동을 결정할 때 두 개의 자아는 항상 대립한다. 자신에 대한 무지와 몽매의 소산일 경우가 많다. 자신이 주인 행사를 못 하고 세상의 의견이나 감정에 휘둘려 살아가는 사람들에게 많이 나타나는 현상이다. 치료할 수 있는 약은 책을 읽고 사고력과 통찰력을 기르는 방법 외엔 없다.

책은 자유다. 책은 외부적인 환경에 예속되지 않고 살아갈 수 있는 능력을 준다. 망치철학자 니체는 스스로 자유인으로 살아갔을 뿐만 아니라 타인의 자유를 위해서 망치를 들었다. 또한 자유인이고자 했던 장 자크 루소는 프랑스 혁명의 도화선이 되었을 뿐만 아니라 중세 봉건 영주에 대한 인간적 자유와 존엄을 위한 명분을 제공했다. 자신이 자유를 누렸을 때 비로소 자유의 실체를 알 수 있었고 타인의 자유를 위해서도 노력할 수 있었다.

자유에 대한 이해와 권리를 위해 독서하는 사람이 되어야 한다. 무지하면 현실의 굴레가 억압인 줄 알 수 없다. 책은 우리에게 자유를 주고 우리는 책에 자유를 주어야 한다. 자유는 주고받는 것이다.

독서를 하면 자유를 얻는다. 책은 자유를 위해 태어난 존재다. 어떤 상상도 마음대로 할 수 있으며, 무슨 꿈이든 꾸게 한다. 모든 것을 스스로 결정할 수 있는 힘도 준다. 자유인이 누릴 수 있는 권리다. 자유를 아는 사람만이 자유인이 될 수 있다.

프랑스 대혁명도
불평등한 권리를 앎으로써 시작되었다

10

혁명은 뜨거움이다. 용광로처럼 활활 타오르는 가슴을 가지고 세상을 품을 수 있는 힘이다. 바스티유 감옥으로의 뜨거운 진격은 인간의 존엄과 자유를 세계에 전파하였고 증기기관의 폭발적이고 뜨거운 증기의 힘은 인류의 삶을 근본부터 바꿔놓았다. 뜨겁지 않은 용광로는 원광석을 녹일 수 없을 뿐만 아니라 원하는 모양대로 만들기도 어렵다. 뜨거움이 없는 용광로는 고철이고 열정이 없는 인간은 삶의 무료함을 탓할 뿐이다. 책을 읽으면 주체할 수 없는 열기가 뿜어져 나온다. 자신을 바꾸고 세상을 바꿀 만한 자아혁명이 책 속에 있기 때문이다.

이 시대에 사라져가는 귀한 가치들 중의 하나가 열정이다. 일에 대한 열정, 자기계발에 대한 열정, 사랑과 행복에 대한 열정이 꿈을 실현시키는 힘인데도 불구하고 식어가는 현실이 안타깝다. 인생은 도전하는 것이며 그 힘은 삶에 대한 열정이다. 뜨거운 열정이 자신의 잠재능력을 깨우고 사회를 좀 더 밝은 곳으로 인도하는 원동력이 된다. 열정은 자아를 변화시키는 것부터 시작되어야 변화의 주인공으로 살아갈 수 있다. 책은 자기혁명을 이룰 수 있는 뜨거운 열정을 준다.

　책은 혁명이다. 자신을 뜨겁게 불태워 열정의 자아를 일으키는 혁명이다. 깊이 읽고 많이 읽을수록 가슴은 혁명의 도가니가 된다. 도전하기 위해 참을 수 없는 욕망이 꿈틀거리고 행동하고 싶은 뜨거운 열정을 솟게 한다. 관념과 습관의 찌꺼기들이 혁명의 소용돌이에서 사라지고 새로운 의욕이 탄생하는 과정이다. 이권우의 『책읽기의 달인, 호모 부커스』에서도 언급된다.

> 책 읽기는 기본적으로 혁명이다. 지금 이곳의 삶에 만족한다면 새로운 꿈을 꿈꿀 리 없다. 꿈꿀 권리를 외치지 않는 자가 책을 읽을 리 없다. 나를 바꾸려 책을 읽는다. 애벌레에서 탈피해 나비가 되려 책을 읽는다. 세상을 바꾸려 책을 읽는다. 우리의 삶을 억압하는 체제를 부수고 새로운 공동체를 이루려 책을 읽는다. 그러하기에 책 읽기는 불온한 것이다. 지배적인 것, 압도적인 것, 유일한 것, 의심받지 않는 것을 희롱하고, 조롱하고, 딴죽 걸고, 똥침 놓는 것이다. 변신을 꿈꾸는가. 그렇다면 책을 읽어

야 한다. 다른 세상을 상상하고픈가. 그렇다면 책을 읽어
야 한다. 보라. 혁명전선에 뛰어든 체 게바라도 책을 손
에서 놓지 않았지 않은가?

책을 읽으면 체 게바라와 같은 혁명가가 될 수 있다. 책은 생각
에 파문을 일으키고, 읽을수록 거대한 폭풍우가 되어 자신을 깨우
고 세상을 깨운다. 세상의 모순과 부조리를 보는 시야를 열어주어
부조리에 침묵할 수 없는 분노와 억울함을 느끼게 한다. 마틴 루터
킹은 미국의 흑인 운동 지도자이자 목사였다. 그는 1960대 시영 버
스의 차별적 좌석제에 대한 버스 보이콧 운동을 시작으로 흑인들의
인권을 위해 목숨까지 바친 인물이다. 그는 목사가 되기 전부터 헨
리 데이비드 소로의 『시민 불복종』을 읽으며 흑인들의 차별대우에
부당함을 깨달았다. 국가의 공권력이나 다수의 의사결정이 정의에
반할 경우 소극적 의사 형태로 저항권을 행사할 수 있음을 알고 행
동으로 옮겼다. 이미 백 년 전에 쓰인 책이 마틴 루터 킹의 마음에
혁명의 열정을 불어넣은 것이다.

혁명은 앎으로써 시작된다. 알지 못하면 행동할 수 없고 행동하
지 않으면 어떤 것도 이룰 수 없다. 세계사의 흐름을 바꾼 프랑스 대
혁명이 불평등한 권리를 앎으로써 시작되었고 남미의 뜨거운 혁명
가인 체 게바라는 이상사회와 현실의 비참함을 앎으로써 목숨을 건
혁명에 뛰어들었다. 책은 혁명의 씨앗이자 불쏘시개다. 이것을 알
기에 봉건 영주와 독재자들이 책을 읽지 못하게 하고 식자들을 탄

압한 것이다. 책은 알고 있다. 무엇이 옳고 그른지, 세상의 보물이 어디에 숨겨져 있는지, 우리 사회가 어디로 나아가야 하는지 길을 안다. 책을 읽는 내가 안다. 무엇을 해야 하는지 하지 말아야 하는지, 행동해야 할 때와 멈춰야 할 때를, 바꿔야 하는 것과 보존해야 할 것을 책이 제시하고 내가 움직인다.

혁명은 외부의 힘이 아닌 내 안에서 시작되어야 한다. 외부로부터의 혁명은 노예적인 삶의 연장이 될 수 있으며 자신은 소외되기 십상이다. 자신의 내면으로부터의 혁명이 진정한 자아혁명이자 세상을 바꾸는 힘이다.

혁명은 앎이고 앎의 유일한 해결책은 책뿐이다. 지속적이고 변화 가능한 앎은 책만이 줄 수 있다. 책을 통한 가치 있는 혁명이 되어야 한다. 자신을 변화시키고 세상을 바꾸는 위대한 혁명이어야 하며, 꿈을 이룰 수 있는 사고의 혁명이어야 한다. 매일 단련시켜 힘을 응축해야 한다.

자아혁명은 독서로 시작된다. 용광로 같은 삶을 위해 열정을 지피고 꿈을 이루게 하는 혁명이다. 근원적인 혁명은 삶의 질을 향상시킨다. 책을 혁명적으로 읽는 시간이 필요하다. 생각이 바뀌고 행동이 변화하는 임계점에 다다를 때까지 목숨 걸고 읽어야 한다. 변화를 만들지 못하는 미지근한 책 읽기는 버리고 뜨거운 책 읽기를 해야 한다.

레닌과 마르크스의 혁명도 책을 통한 혁명이었다. 책이 혁명의 씨앗이었다. 자신들의 혁명뿐만 아니라 세상을 바꾸는 혁명의 씨앗이었다. 레닌의 책 읽기는 궁핍하고 노예적인 삶을 살아가는 민중들을 일깨우는 혁명이었고, 칼 마르크스는 자본주의의 모순과 병폐를 치유하고자 애쓴 위대한 사상가의 혁명적인 노력이었다. 그들의 사상이 왜곡되고 실험은 실패했지만 그들의 의지는 후세에까지 길이 빛나고 있다. 사회주의와 공산주의가 실패한 이념이라고 말하는 것은 모순이다. 다만 그 체제를 이끌어간 독재자들이 문제였다.

독서혁명은 자신을 바꾸고 세상의 부조리에 맞서는 힘이다. 자신을 사랑하듯 세상을 사랑할 수 있는 힘이 되어야 한다. 혁명을 하는 사람은 늘 깨어 있어야 하듯 세상의 불의에 눈 감는 지식인이 되어선 안 된다. 가족을 생각하듯 이웃을 생각하고 세상을 개혁하는 사람이 되어야 한다. 책은 혁명이다.

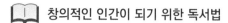

단어의 본질을 아는
책 읽기

책을 읽으면 거저 얻는 것들이 많다. 상상력·사고력·창의력·통찰력 등으로 4차 산업혁명 시대에 절실히 필요한 힘이다. 이것은 인간만이 가질 수 있는 최고의 가치들이다. 그 중에서도 새로운 것을 생각해내는 힘인 창의력은 기업뿐만 아니라 모두가 원하는 능력이다. 창의는 무에서 유를 창조하는 것이 아니라, 서로 다른 것들을 연결시켜 만들어낸다. 그것은 가장 작은 단위일 때 두 개의 결합이 잘 이루어지는 성질을 가지고 있는데 책과 책, 문장과 문장, 단어와 단어로 폭이 좁아질수록 결합하는 힘이 강해진다. 작을수록 순수하고 본질에 가깝기 때문이다. 작은 것을 연결시키는 힘이 좋아야 큰 것도 쉽게 연결시켜 새로운 것으로 만들어낼 수 있다.

책을 쓰는 작가의 힘은 바로 작은 것을 연결시키는 힘에 있기에 그들의 창의력은 엄청나다. 훌륭한 작가일수록 상황에 대한 묘사가 뛰어나다. 이것은 관찰력에서 나온다. 작가의 현미경이 좋을수록 아름다운 글, 창의적인 글을 쓸 수 있다.

자세히 관찰한다는 것은 다름 아닌 본질을 들여다보는 것과 같다. 본질을 보면 겉으로 보이는 현상은 얼마든지 자유자재로 만들 수 있는 힘이 생기는데, 이것이 창의력의 본질이다. 애플의 아이폰 또한 휴대폰과 인간의 본질을 볼 수 있었던 스티브 잡스의 창의력에서 나온 것이다. 창의력은 거창하고 중요한 데 있는 것이 아니라 사소하고 작은 것에 있음을 알아야 한다. 큰 덩어리는 수많은 작은 것들의 합이므로 큰 덩어리끼리 합한다고 자신이 원하는 것을 만들어 낼 수는 없다. 무엇이 어떻게 화학반응을 일으킬지 모르는 것과 같다. 창의력은 우연 아닌 필연이다. 책을 읽을 때 단어 하나하나가 의미하는 본질을 정확히 이해하는 것이 중요하다. 창의적인 생각 또한 큰 줄기에서 나오는 것이 아니다. 남들이 보지 못하는 작은 지류에서 발견된다. 늘 작은 것에도 관심과 애정을 가지고 사는 것이 창의력의 시작이다. 책 읽기도 마찬가지다.

 한 사람의 충실성과 가치는 독서를 하느냐 안 하느냐에 달려 있다. 또 그 이상으로 무엇을 읽는가가 중요하다. - 메튜 아놀드

행복의 본질을 찾아 떠나는 여행

책을 읽을 때면 언제나 행복하다. 책장마다 주옥같은 글이 있고, 읽고 나면 생각이 커지고 세상을 보는 안목이 좋아진다. 즐거움으로 시작한 독서가 지식이 되고 지혜가 되어 돌아온다. 책을 읽기 시작한 초창기에는 정말 그랬다. 남들이 말하는 독서의 유익을 몸으로 느꼈다. 하지만 수천 권을 읽은 지금은 다르다. 겨우 지식을 쌓고 지혜를 얻기 위한 것만이 독서의 목적일까 생각하지 않을 수 없었다. 이것저것 생각하다 보니 한 단어로 요약된다. '독서는 행복 찾기다.'

인생의 목적이 행복이듯 나의 독서 목적 또한 행복 찾기다. 개인의 가치관에 따라 행복의 기준은 다르다. 따뜻한 가정이 될 수 있고, 넉넉한 재물이 될 수도 있다. 사회적 지위나 명성이 될 수도 있고, 타인 위에 군림할 수 있는 권력이 될 수도 있다. 물론 이 모든 합을 행복의 기준으로 잡을 수도 있다.

책을 읽으면 무엇보다도 본질을 찾아가는 능력이 탁월해진다. 인생의 본질, 사물과 세상의 본질 같은 것을 알 수 있게 되는데, 이것은 높은 통찰력을 통해서만 가능한 능력이다. 본질을 꿰뚫어 볼 수 있는 통찰력은 문제해결 능력이고 곧 잘 살게 하는 능력이다. 책은 통찰력을 주고 통찰력은 자신에게 행복의 본질을 찾는 능력을 준다. 자신의 행복 기준에 따라 모든 것을 이룰 수 있도록 알려준다. 아니 책을 읽는 힘인 독서력은 실현 가능한 힘을 준다. 가정이 화목하게 살 수 있는 방법을 알려주고, 물질을 얻을 수 있는 지혜뿐만 아니라 수단과 방법도 알려준다. 권력도 명성도 독서력 있는 사람에겐 높은 벽이 아니다. 독자들이 원하는 행복은 독서력을 통해 얼마든지 얻을 수 있다.

이 책은 독서력에 대한 본질을 설명하기 위한 책이다. 책을 읽으면 어떤 힘들을 어떻게 얻을 수 있는지 자세하게 설명했다. 상상력·사고력·창의력·통찰력 같은 힘들의 근원이 무엇인지 어떻게 만들어지고 사용할 수 있는지에 대한 설명이다. 이러한 능력들은 인간만이 가지고 있는 특징이자 4차 산업혁명을 준비하는 우리가 갖추어야 할 필수 조건들이다. 이것들의 사용방법은 여러 가지지만 습득할 수 있는 최고의 방법은 책을 읽는 것이다. 이런 능력들에 대해 장황하게 설명한 이유는 단순하다. 책은 읽으면 좋은 것이 아니라 꼭 읽어야만 한다는 것이다. 인간의 필수조건이자 의무사항이다.

　부족한 필력에도 불구하고 독자들을 위한 생각을 깨는 내용을 쓰고자 노력했다. 여기까지가 필자가 전달할 수 있는 능력이다. 어려운 부분은 다시 한 번 읽고, 도움이 될 만한 것은 적극적으로 이용하는 지혜가 필요하다. 머리로만 읽어서는 자신의 것이 되지 않는다. 발로 실천해서 몸에 새기는 노력이 필요하다. 이 책의 핵심 단어는 '독서력'이다. 책을 잘 읽는 독서력이 아니라 '세상을 잘 살게 하는 독서력'을 말한다. 결국은 세상을 살아가는 힘인 독서력을 위해서 책을 열심히 읽어야 한다. 중요하고 가치 있는 일에 인생을 투자하지 않는다면, 자신에게 죄악을 범하는 것이다. 책 읽을 시간 내기도 쉽지 않고, 책이 어려워 읽기 싫어할 수도 있다. 하지만 책만큼 재미있고 유익한 것도 없다. 조금씩 읽다 보면 독서습관이 생길 것이다. 의미 없이 군중 속에서 고독하게 살지 말고 고독 속에서도 폭풍 성장을 할 수 있는 책 속에 살기를 바란다.